BABEL
巴别塔100

为活得单纯而祈祷

Francis Jammes

耶麦诗100首

〔法〕耶麦 —— 著
刘楠祺 —— 译

人民文学出版社

图书在版编目(CIP)数据

为活得单纯而祈祷:耶麦诗100首/(法)耶麦著;
刘楠祺译. —北京:人民文学出版社,2021
(巴别塔 100)
ISBN 978-7-02-015630-6

Ⅰ.①为… Ⅱ.①耶…②刘… Ⅲ.①诗集-法国-
现代 Ⅳ.①I565.25

中国版本图书馆 CIP 数据核字(2019)第 180100 号

责任编辑　朱卫净　何炜宏
封面设计　钱　珺

出版发行　人民文学出版社
社　　址　北京市朝内大街 166 号
邮　　编　100705
网　　址　http://www.rw-cn.com

印　　刷　上海利丰雅高印刷有限公司
经　　销　全国新华书店等

字　　数　170 千字
开　　本　889 毫米×1194 毫米　1/32
印　　张　6.75
版　　次　2021 年 2 月北京第 1 版
印　　次　2021 年 2 月第 1 次印刷

书　　号　978-7-02-015630-6
定　　价　55.00 元

如有印装质量问题,请与本社图书销售中心调换。电话:010-65233595

目录

当我死去…… 001
房子会爬满蔷薇…… 002
我爱那驴子…… 003
静寂…… 006
午后…… 008
带上你的雨伞…… 009
让白云飘…… 010
我去果园…… 012
当年我爱过…… 013
村庄…… 014
圣枝主日…… 020
每个礼拜天…… 023
膳厅 025
我叼着我的陶土烟斗…… 027
老宅…… 028
丽日里…… 030
为他的婚礼而作 031
像一首歌…… 032
我曾造访…… 033
那边有座古堡…… 037
我要把…… 039
我快乐…… 041
她去寄宿学校…… 043
碧水畔…… 045
我在牧场…… 047
少女…… 051

我谈起天主……	053
谷仓里……	056
有用的历法	058
九月	062
客厅旁……	067
传说圣诞日……	068
树林里祥和安然……	070
雨水流淌……	071
农夫	072
牧场……	073
你赤裸在石楠花上……	074
你将赤裸……	075
云朵是一片沙滩……	076
树脂流淌……	078
你会来……	080
阳光使井水闪光……	081
当雾色	082
你烦吗……	084
晌午的村庄……	086
来吧，我为你戴上……	088
我知道你很贫寒……	089
你温柔的面庞……	091
到了秋月……	093
孔夫子的礼……	095
我爱你……	097
回想起……	100
我在受苦，却……	101
你呵，苔蔷薇……	103
女友，可记得……	104
我仰望苍穹……	105

猫儿蜷缩火旁…… 106

要下雪了…… 108

太可恶…… 110

那驴子还小…… 111

我想起卢梭…… 113

寒冷的林间有座磨坊…… 115

何时我将重见海岛…… 117

我烦…… 118

那儿,一片碧蓝…… 120

回去之前…… 125

我多爱你…… 128

一片枯叶落下…… 129

天堂,大地,海洋 133

悲歌第一 136

悲歌第二 139

悲歌第三 150

悲歌第四 152

悲歌第五 156

悲歌第六 157

悲歌第七 161

悲歌第八 163

悲歌第九 167

悲歌第十 168

悲歌第十一 172

悲歌第十二 176

悲歌第十三 179

悲歌第十四 181

悲歌第十五 182

悲歌第十六 184

悲歌第十七 187

为他人得幸福而祈祷 ………………… 189
为求得一颗星而祈祷 ………………… 191
为一个孩子别夭折而祈祷 …………… 192
为在森林中获得信仰而祈祷 ………… 193
为活得单纯而祈祷 …………………… 195
为爱上痛苦而祈祷 …………………… 196
为我死之日圣洁美丽而祈祷 ………… 197
为带驴子同上天堂而祈祷 …………… 199
为赞美天主而祈祷 …………………… 201
为冥思而祈祷 ………………………… 203
为拥有一位单纯女子而祈祷 ………… 205
为向天主奉献朴素话语而祈祷 ……… 206
为承认无知而祈祷 …………………… 208
为最后一个愿望而祈祷 ……………… 210

当我死去……

当我死去,碧眼的你呵,
我钟爱的少女,像水里的
蓝火小甲虫,面带
花样女人中蓝蝴蝶花的神气,①
你走近我,轻牵我手。
领我走向曲径幽地。
你并非赤裸,可我的玫瑰呵,
洁白颈项绽放在你淡紫裙衫里。
我俩甚至没有互吻额头。仅仅
手牵手,沿着清新的荆棘,
那儿,灰蜘蛛正在编织虹霓,
我们脉脉无语,柔情似蜜;
有时,察觉我更忧郁,你
便紧握我手,纤手有力,
——我俩如暴雨中的丁香般感泣,
却不知……不知是何道理。

---

① 《花样女人》(*Les Fleurs Animées*),是法国19世纪画家格兰维尔(J.J. Grandville,1803—1847)的传世之作。书中收录了法国庭院培育的名种花木、外国的奇花异卉和野地上的花草,由格兰维尔画图,三位作家撰文。书中将女人比作花,把花比作女人,充满温柔雅致的诗意。蝴蝶花,即三色堇,俗称人脸花、猫儿脸,寓意思念、爱、快乐和幸福。

房子会爬满蔷薇……

房子会爬满蔷薇和胡蜂。
傍晚会听到晚祷的钟声;
葡萄泛着宝石般晶莹的色泽,
似在日影徐缓的移动中入梦。
我会多爱你!把廿四岁的心
和自嘲的灵,尽数为你供奉,
还有白玫瑰诗篇和我的虚荣;
可你不存在,你我素昧平生。
我只知晓,假若你有生命,
也同我一样置身草场深处,
在清溪畔,浓荫下,我俩
会欢吻,头上会飞舞金蜂,
耳畔只有骄阳的热情。
你耳际会摇曳榛树的荫影,
我们会止住笑,唇贴唇,
只为倾诉无法言说的爱情;
在你红唇上,我会寻觅
金葡萄、红蔷薇和蜂儿的风情。

我爱那驴子……

我爱那驴子如此温顺,
它正沿着冬青树行进。

它双耳不停摆动,
是在提防着蜂群;

它驮着满袋燕麦,
还坐着穷苦的人。

它迈着细碎快步,
走在壕沟的附近。

我女友觉得它蠢,
因为它是个诗人。

它总是冥思苦想。
双眸丝绒般柔顺。

你没有它那么温顺,
心地温柔的少女:

这蓝天下温顺的驴子,
只因它面对上帝。

可它栖身厩舍,
疲惫而又苦凄,

可怜小小四蹄，
早已力尽筋疲。

它已经恪尽职守，
从清晨直到夜里。

可你在做些什么？
你在女红，少女……

虻蝇叮咬了它，
驴子受伤不起。

它那样坚忍劳作，
你们也心生戚戚。

看你吃些什么，乖乖？
——是樱桃甘美无比。

那驴子却吃不上燕麦，
只缘它主人一贫如洗。

它只能吮一吮草绳，
然后在黑暗中安息……

你心灵中的绳索
也不会这般甜蜜。

那驴子如此温顺,
它沿冬青树行进。

我心中充满怨怼:
这辞藻正合你心。

告诉我,亲爱的,
我在笑还是哭嚷?

去找那年迈的驴子,
对它说,我的魂灵

正行走在那大路上,
就像它在清晨那样。

去问问它,亲爱的,
我在笑,还是哭嚷?

我怕它无法回答:
它正要跑进荫凉,

内心仍充满了柔顺,
在鲜花遍地的路上。

静寂……
——献给阿尔贝·萨曼 ①

静寂。窗外,燕子先在
朗空作弄出蔚蓝色声响,
孤寂。继而木屐橐橐,长街回荡。
田野暗淡,可长空翻卷灰云,
已有一抹碧蓝点染穹苍。
我缅怀昔日的爱情,将
围栅中近邻们的爱情回想,
那是盛产葡萄麦子干草和玉米的美丽故乡。
蓝孔雀在绿茵徜徉,
被唤醒的天空漫射绿光,
绿叶映绿窗,自我端详。
厩舍入微光,铁链铿锵,
进出碰杯声,余音绕梁。
我想起领地古堡,
想起夏日晨曦,猎手上路,
猎狗匍匐嗅索,犬吠悠长……

排灯照向涂蜡的宽手扶梯。
门廊高敞,燕尔小夫妻
听到长辈出门,便欢娱和
拥吻着,红唇贴依,
而野兔却在银穴中战栗。

---

① 阿尔贝·萨曼(Albert Samain,1858—1900),法国象征派诗人,耶麦的挚友。

时光美丽,帝国式家具
闪亮,铜把手锃亮无比……
有如拿破仑一世的帽子
丑陋过时,却有无穷魅力。

我又想起黄昏,少女们在
高高的栅栏门旁玩三毛球游戏。
端庄长裙下露出
长裤,碰到脚底:有艾米妮,
科莱莉,克莱芒丝,塞拉妮,
阿梅奈德,阿黛纳伊丝,朱丽叶,祖儿弥;
大草帽装饰的长丝带飘逸。
不想一只蓝孔雀蹿上长椅。
球拍最后一击,三毛球
滚落酣睡密林的夜幕中,了无踪迹,
只闻雷声隆隆,走来了暴风雨。

午后……

一个礼拜天的午后,赤日炎炎,
葡萄长成一串串,我很愿
去个老妇人家,在她温暖风爽的
乡间大屋里晚餐,晾衣绳上
挂着、晒着洗净的衣衫。
庭院里,鸡娃成群,在井边
嬉戏——有位少女会前来,
家人般与我们两个孤独的人共餐。
那是一顿大餐,两只肥鸽肉
香菇馅儿的酥饼真是香甜。
三人一起享用过咖啡,然后
很快摺起各自的餐巾,
起身走到长满甘蓝的菜园。
老妇人让我们俩留在那儿。
嫣红的虞美人旁,我们
会良久拥吻,红唇相连,
随后,晚钟徐徐敲响——可
她与我呵,我俩更紧拥缱绻。

带上你的雨伞……

带上你的蓝雨伞和肮脏的母羊,
披上你干酪味扑鼻的汗渍衣裳,
你走向小山丘的天际,拄着
冬青木、橡木或欧楂木手杖。
你跟着硬毛狗,把失去光泽的
水罐驮在驴子弓起的背上。
你经过村子里铁匠铺的门前,
又走向香味四溢的山峰,那儿,
羊群四散吃草,似白色的荆棘丛。
那儿,雾气缭绕,烟笼峰顶。
那儿,翱翔着秃颈的苍鹰,
赤红的轻烟燃烧晚雾中。
那儿,你会静肃地凝望
苍茫中运行的天主的灵。

让白云飘……

让白云飘向太阳。
此地只有你、大地和穹苍。
请心如止水。温柔似蜜糖,

蓝色水芹旁,会走来饮水母羊。
黑色小农舍,少女会放声歌唱,
梨子会坠落溽蒸田野上。

老妇人随着颤动的纺车摇晃,
咩咩叫的羊群中躁动着咩咩叫的公羊,
——姑娘会爱上痴情的情郎。

驴子会抖颤身子驱赶虻蝇,
母亲会哼曲哄孩子进入梦乡,
我会吻你,唇贴唇,姑娘。

随后天就会变蓝,一会儿又转昏黄,
鸟儿会叽喳鸣唱,
古井畔会蹿出黄杨。

女友呵,你听:在谷仓
那窝欢叫的雏燕
宁静甜憩,生活胜天堂。

牛车经过。牛角闪光,
牛头上顶着长长蕨草,那是

夏日的林间，潺潺溪水流淌。

人们收割阳光下沉睡的麦子；
雨随之而来，雨从天而降：
雨水浸润麦子，吃着蜜糖。

人们收割阳光下沉睡的我心，
一个姑娘来了，来自天上：
姑娘润醉我心，吃着蜜糖：

你温柔的爱，你温柔的忧伤。
你的心，你的头和膝都交给了我，
你我一体，你心便是我们的心房。

我去果园……

我去果园徜徉，覆盆子迎着太阳
在蜜蜂飞舞的青空下歌唱。
我在追述我青春的时光。
我在山区里生，大山旁养。
至今我内心仍念念不忘
那雪花飞扬，寒涧奔淌，
断崖前，猛禽在醉人的
天空翱翔，山风抽打着
雪花流水，溅沫飞霜。

是的，我觉得自己像高山一样。
日增的是我龙胆草颜色的忧伤。
记得家族里有天真的植物学者，
他们在酷热的晌午时光，
带着昆虫绿的盒子，
没入树影荫凉，
收集珍贵的标本珍藏，
绝不与奇幻巴格达的魔术师
去交换古老的宝藏，
那儿，催眠的喷泉清凉。
我的爱，似彩虹般温情，
四月的雨后，太阳歌唱。
我缘何这样生活？……莫非
我为大山而生，在白羊
遍野的山上，羊鞭在手，
成长于祥瑞降临的辰光？

当年我爱过……

当年我爱过克拉拉·黛蕾贝丝,
她是传统寄宿学校的姑娘,
温暖暮色中,她常到椴树下
读些过期的杂志消磨时光。

我只爱她,我心烁闪着
她白皙胸脯的蓝光。
她在哪儿?这幸福何在?
树枝已伸进她敞亮的绣房。

也许她还在世,
——或许我俩都已告别人世。
久远的夏末冷风中,
庭院深深,落满败叶枯枝。

可记得那花瓶里的孔雀翎,
就放在贝壳饰品的旁边?……
听说有条船曾在那儿失事:
我们把纽芬兰叫做沙滩。

来吧,来,亲爱的克拉拉·黛蕾贝丝;
让我们仍相爱,若你仍在世上。
裸着来吧,哦,克拉拉·黛蕾贝丝,
故园中仍有古老的郁金香。

村庄……
——献给让娜·夏尔·拉科斯特夫人①

平原上的村庄沐浴着阳光,
到处是钟楼、小河和昏暗客房。
迎着太阳、阴雨或是飞雪,
伴着雄鸡报晓和滚滚麦浪,

伴着牛车慢吞吞走向耕地,
伴着月色般闪烁的铁犁,
伴着谈笑农夫沉重的木屐,
伴着农妇红褐色的肤肌,

伴着蓝色清晨和蓝色夜晚,
伴着薄荷味儿飘散的稻田,
伴着清流歌唱的甘美喷泉,
伴着摇头摆尾的小鸟呢喃,

伴着花园,伴着偏瘫的老妪,
伴着三钟经声和咯咯叫的母鸡,
伴着晚祷的歌声,音符的交替,
男人们有的放歌,有的烂醉如泥;

每逢酷暑,伴着安静教堂
弥漫无味清新的气息,

---

① 让娜·夏尔·拉科斯特夫人(Madame Jeanne Charles Lacoste)是耶麦的朋友、法国画家夏尔·拉科斯特(Charles Lacoste,1870—1959)的妻子。

人言清冷中有把座椅
会在旷寂中吱嘎响起；

伴着长而白的路，砾石
起舞迎太阳，伴着里程，
伴着老神甫屋外鸽子的鸣唱，
有人欢笑，也有人悲伤；

伴着田野低垂的夜幕，
伴着牛车吱吱作响，安详的
农夫若有所思，眺望
隐入漫漫长夜的远方；

伴着无助的牛群在厩舍低哞，
伴着杀猪时凄厉嗥叫的悲哀，
伴着厚厚的酒杯摆上餐台，
女人们给怀中的婴孩喂奶；

伴着宪兵们押解的盗贼，
伴着粗壮橡树惨遭雷劈，
巨响似装满石块的牛车
行走在黑暗开阔的洼地，

伴着老园子里小鸟斜倚着
葡萄藤旁的蔷薇孤独细语，
伴着孩子们跑去钓鱼，
伴着亚麻地青风四起；

伴着大地，伴着海洋，
伴着天空，伴着夜幕初降，

天边星辰宛若在山头呼吸，
寂静中有个男人放歌远扬；

伴着年年十月的小径，
栗树叶飘落任狂风，
小径细石随风舞；
满目黄光雨夜声，

伴着猎狗追逐野兔的吠声
悠长，圣母月①的钟声敲响，
本堂老神甫在伤心的住房
伴着夜之玫瑰将日课经吟唱；

伴着柔顺的牡犊和奶牛
在厩舍里发出阵阵叹息，
遭宰杀的肥猪血流成溪，
死前的尖嚎声逐渐平息；

伴着快乐小鸟圆润的啼叫，
在泽边虬结的树杈上栖息；
像球儿一般弹来跳去，
小嘴叽喳，细声慢气。

就这样，星罗棋布的村庄
在广袤平原的青空下歌唱，
若遇灰霾天气则缄默不语，
任凭斜斜的雨丝沙沙作响；

---

① 圣母月（le mois de Marie），又称玫瑰月，指每年的五月。

伴着地头上一动不动的猫儿，
伴着女人的沉思和轻轻步履，
她们任玉米的种籽洒落满地，
似乎念叨着不应拂逆大地；

伴着男人们在地头上
用力筛肥，锹铲飞扬，
土灰似乌云蔽日；
伴着浓浓夜色，万物沉入梦乡。

就这样，在山头、山腰和山麓，
散落着一座座甜蜜的村庄，
在平原、山谷、湍流旁，
靠近大路、城镇和山冈；

伴着屋顶上尖细的钟楼，
伴着十字架矗立十字路口，
伴着信徒的长队和喑哑钟声，
疲惫的牧羊人木屐橐橐；

伴着叶轮在灰暗磨坊搅动流水，
太阳罩上玻璃般的水雾，
伴着树林中呛鼻的酸腐，
伴着啄木鸟用尖喙敲打树木；

伴着阳光下的葡萄和荆豆田，
村庄就这样在平原上延展：
这样的村庄比比皆是，种子
萌芽，鸟儿和沟槽布满钟楼屋檐；

伴着鹌鹑不安地奔忙,
伴着凝血的受伤野兔嘶嚷,
伴着每晚棕色的小河
缓缓地有了凝结的模样;

伴着斑尾林鸽圆眼赤红,
从远方飞到灰色的云层,
清冷中的鹤唳,发出
锈锁头般野性的叫声;

伴着农夫们身着丧服,清晨去
某个古老村落参加葬礼,
在那里会吃到面包和乳酪,
还有点酒盛在厚厚的杯里;

伴着溜过的秧鸡或湿地草原,
伴着青天白日发生的罪案,
傻呵呵的乞丐头顶肮脏军帽,
伸出可怜的手讨要几枚小钱;

伴着政客自命不凡的脾气,
伴着街头响起清冷的木屐,
伴着贴在告示栏上的报纸,
长长一群大鹳向长空掠去;

伴着鸟儿脚爪上系的绳子,
那是门前顽童的恶作剧,
大人给孩子梳头,他们
扁平油亮的红脸满带愠意;

伴着高高山坡上的煦阳，
清新树林中暖雨沙沙响，
行走的棕色牛群停下脚步，
因为村里的牧童哨音洪亮。

圣枝主日……
——献给保尔·拉封①

在圣枝
主日……
白色小村庄,
小榆树,
接骨木,
芦苇荡,
纺锤,
家畜,
万物沉入梦乡,
像小鸟
一样。

树影下,
潺潺流水
沉入主日的
冥想。

哦,卢梭!
哪儿

---

① 圣枝主日(Dimanche des Rameaux),又称棕枝主日、基督苦难主日,指复活节前一周的星期日。据《圣经·新约》,耶稣在受难前不久最后一次进入圣城耶路撒冷,受到民众如君王般的欢迎。人们手持棕榈枝,把衣服和树枝铺在路上,耶稣骑着小毛驴,披着大红斗篷,在人们的欢呼声中走入耶路撒冷。此后教会以该日庆祝耶稣进入耶路撒冷,以纪念其为传播信仰所作的牺牲。保尔·拉封(Paul Lafond,1847—1918),法国画家,雕刻家,波城美术馆馆长。

有芦笛的
鸣响?

开满鲜花的
牧场,
是清一色的
羔羊。

早上
我伴着
乡村邮递员
沿着篱笆墙……

钟声响彻四方,
所有的钟
似雨中水滴般
悠扬。

我心花怒放,
魂灵
匍匐着,
忐忑而安详,

面向黑黝黝的
高地,

山坡上
是蔚蓝的天光。

白云飘荡，
天清气朗，
却似孕育着
雨骤风狂。

我们在
雨后坑洼的
小径上
徜徉。

茅屋的墙
沟壑纵横，
石子儿、蕨草和
常青藤爬满墙上。

现在我要祈祷，
主呵，我的主，
面向蓝色的穹苍，
麻雀在叽喳歌唱。

每个礼拜天……

每个礼拜天,树林都在晚祷。
人们会在山毛榉下跳舞吗?
我不知道……那我知道什么呢?
窗沿下飘落一片树叶……
这就是我知道的一切……

教堂。人们在歌唱。是个少妇。
这农妇唱了歌,就像节日。
蓝天中,微风涌动,
人们会在山毛榉下跳舞吗?
我不知道,不知道。

我的心充满忧愁和温情,
人们会在山毛榉下跳舞吗?
可你知道,每个礼拜天,树林都在晚祷。

想到这些,难道就是诗人?
我不知道。那我知道什么呢?
我看到了吗?难道我在梦想?

呵!阳光和这只善良、温柔又忧愁的狗……
对那年轻的农妇,
我说:您唱得真好……

人们会在山毛榉下跳舞吗?
我想要做,要做那个人,

就像树上的浆果,
一任他的忧愁
缓缓地飘落,那忧愁
就仿佛晚祷的树林。

膳厅
——献给阿德里安·普朗岱先生[1]

这儿有个橱柜老旧斑驳,
我姑婆的声音它都记得,
我爷爷的嗓门它也听过,
我爹的声调它不曾漏过。
橱柜牢牢记得这些往事,
若以为它沉默你就错了,
因为它曾向我娓娓诉说。

那儿有一只鸟鸣木挂钟。
不知为何再未闻鸟鸣。
我不想向它问个究竟。
或许发声的弹簧
早已断裂,
如死人不再吭声。

还有个碗橱摇晃散架,
发出蜡味、果酱味、肉味、
面包味和熟梨味,百味掺杂。
这个仆人忠心耿耿,知道
什么东西都不该偷拿。

我家的访客有男有女,

---

[1] 阿德里安·普朗岱(Adrien Planté, 1841—1912),法国历史学家、律师和政治家。

谁信有这些小小精灵。
以为我是此地惟一的生命，
可我笑对访客，当他进门问我：
——您好么，耶麦先生？

我叼着我的陶土烟斗……

我叼着我的陶土烟斗,看到牛群
头上系着额带,涕沫溢出口鼻,
在农夫鞭打下,弯角与前牛的
屁股相抵——又看到温顺羊群
簇拥而行,毛长腿细。
忠实的牧羊犬佯装发怒的神气。
牧羊人喊:狼崽!过来!这里!
于是,在溽热多雨的宁静中,
撒欢的狗扑进主人怀里,
口衔牧羊鞭,顽皮讨趣。

老宅……
——献给奥迪隆·雷东 ①

抑郁悲哀的雪,像
洁白台布罩在爱巢上,
积雪难撑,令人心伤!

衰败老宅,绿花窗破碎满地,
冷漠苍白,略带青涩神气,
旧事再难记起:

旧事源自纺纱女,夜里,
老厨房,黑黢锅畔,
嘶哑的纺车哼着柔曼无言的歌曲。

房角,树蜡作响啪嚓。
铁盘旁,蟋蟀的喧唱随烟炱
沉寂,雄猫拱起身体。

如今,老客厅的旧时花瓶里,
长长的纤草和野燕麦
难忆起冰雹肆虐的田地:

祖上从中国带回的孔雀翎
和褪色小摆设还摆放原地,

---

① 奥迪隆·雷东(Odilon Redon,1840—1916),法国画家,超现实主义的先驱。

他们归来时，已苍颜衰躯。

此时，一只肥猫高拱身体，
眨着金褐色长眼，咪咪低叫，
表情飘忽细腻，与高悬的

肖像那凝重的眄视无异。

丽日里……

丽日里，钟声响起，在简陋
如我灵魂的房前，穷妇人们
指东道西。牛车经过此地。
栗色山坡，天泛珠色，
宛若贝壳编织的虹霓。
山路盘旋，似熟睡般静谧，
尘埃中母鸡躁动不安，
翅膀下，芦竹光闪熠熠。
……另有女人给孩子捉虱。
鹊飞。鸡鸣。祥和瑞气生。
为预防结核，人们
为咳喘暴躁的可怜奶牛接种。
篱笆墙畔常春藤，蔷薇繁盛，
亲爱的牵手女友，若你唇红……

为他的婚礼而作
——献给 A.G.①

您生命的爱情小花园里,
月桂树的天棚温馨甜蜜,
在那里您似风般休憩,她
则像井中看到的风中水滴。

原野因她的无瑕而为您祈福。
自逗令我们远离智慧步入歧途,
可在我们伤感的故乡,老女仆
人手一串老井的念珠。

在你们幸福的彼岸,她们捻珠祷告。
在自己王国里,我则以蟋蟀的喧闹
和母鸡展翅护雏的
咯咯叫声为你们祈祷。

好吧,纪德,藏起咱们最睿智的
思想,像母鸡保护小鸡一样;
为让邻居们开心,只让
他们看到小鸡爪一鳞半双。

愿你们在爱的浓荫下长相厮守,
天棚用您柔情的月桂树架构,
您娶妻的愿望,就在
月桂树和洁美的蔷薇里头。

---

① A.G.,即安德烈·纪德。

像一首歌……
——献给亨利·杜帕克夫人 [1]

像一首晚祷的温馨的歌,
弥漫在苔藓覆盖的山坡,
靠近粉红色爪趾的斑鸠,
我心伴着小憩的你放歌。

像本堂神甫老宅园的白百合
在霏霏细雨中潜送幽香,
你温柔似灌木丛中的朝露,
催发我哀婉的心如百合吐露芬芳。

愿百合、细雨、斑鸠和钟鸣
从此为你呼唤那可怜的孩童,
他与你擦肩而过,你脚边
却留下他蜀葵般的魂灵。

---

[1] 亨利·杜帕克夫人（Madame Henri Duparc），法国作曲家亨利·杜帕克（Eugène Marie Henri Fouques Duparc，1848—1933）的妻子。

我曾造访……
——献给阿尔蒂尔·夏塞里奥[①]

在祖先们生息的村庄,
我曾造访那伤感老房:
双轮马车行走在阳光路上,
充满蜜般的温柔与哀伤。
蓝色平原上,鸽子
沿犁过的耕地飞翔。
母马老了,它很累。
我为它悲伤,它老得似乎
与我探访的旧时景物相仿。
我心知先祖们已故去百年,
他们温纯善良,眼神坦荡,
每个礼拜天必去教堂,把
最体面的白衬衫穿在身上。
我早闻他们自古生息在
我将探访的遥远村庄,
我要看看故乡,他们的
坟茔一定已衰草长长。
到达后我放下乖怜小狗,
我双手爱抚下它酣睡膝上。
赶车农夫站在一旁,
面向冷峻如霜的太阳。
颓败的钟楼,正午敲响,

[①] 阿尔蒂尔·夏塞里奥(Arthur Chassériau,1850—1934),法国证券经纪人,收藏家,卢浮宫博物馆捐赠人,耶麦的朋友。

在历尽沧桑的钟塔旁，
人们对我的询问这样讲：
你说的那些人……我们不知详……
太久远了，时间太长……
有个八旬老太，几天前
刚刚过世，若她还在，
兴许能说些先人的情况。
我挨门寻访——可我高祖
开办的事务所里的公证人
和本堂神甫却都让我失望……
途经废园里蛀蚀的
门廊，透过宽阔的柴门，
看到人迹不再的屋旁，
粉红色蜀葵在蓝草中绽放，
流尘积年，房门紧闭，
宛若墓地棺盖模样。
我还无奈地见到镇政府
新旗飘扬，粗俗而时尚，
金字上可能有共和国字样。
够了，怀旧才是我的初衷；
曾曾孙的我，来此只为缅怀
给我生命的故亲祖上。
我终于跨进一个热心的
古老望族辉煌的门廊：
老夫人微笑慈祥，
驼背老先生倚杖，
还有通达、高贵而儒雅的
家族子弟和植物丛生的篱笆墙。
夫人说，您是，耶麦家的！从前，
他们就住在庄上……老公证人的

儿孙们，为创业而外出闯荡……
我家就买了倾颓的老房。
他们从厨房找出锈渍的钥匙，
领我来到布满钉子的门旁，
悲凉大门面对悲凉破旧的教堂，
铁锤敲击的钉印锈蚀触目，
光阴和死亡，也同样
尘封了墙壁上悲凉的花窗。

他们登梯打开结实的大门，
我爬上蛀蚀楼梯，满心凄凉。
先人们同样生息于此，
如今早已安归天堂；
老房内，
开裂的石膏，隔墙，
年久发黑的门旁，
似曾有过火灾的迹象，
老宅漆黑，不见阳光，
与想象中的葬礼相仿。

他们说：这儿……是事务所……
事务所……事务所……老宅沧桑，
笼罩无垠荒凉，
我伫立凄凉老宅，似闻
天堂中的逝者闷声不响。

我与好客的一家人道别后
上路，带着淡淡的感伤。
登上马车，原路折返
远方小城，迎着太阳。

可怜老马凄凉地重踏
归途,乖怜小狗酣睡在
我和他温柔的主人身旁。
感伤的鸽子在田野飞翔。

好心的老夫人讲过……儿孙们
为创业而外出闯荡,
她站在篱笆旁,蓝草中
茂密的粉红色蜀葵绽放。
　　　这真是甜蜜的怀想,
我重返故乡,伫立在
小车站前,我出生之地,
老木豆树成行。我还印证了
四岁时的印象:荫影中,
清溪在冰冷树叶的摇篮中流淌,
我曾自问水流向何方,
向阳,辽远,冥冥中,
清溪迎向阳光。寻找
清溪归宿,重拾儿时景象。
从此,小溪就在我眼前流淌。

那边有座古堡……

那边有座古堡凄凉灰暗,
有如我心,当雨水洒落
荒废的庭院,雨打罂粟,
花弯了,叶落了,腐烂了。

往昔,这里无疑栅栏敞开,
屋内,驼背的老人家
靠着绿框的屏风取暖,
屏风上绘有四季的色彩。

听说佩西瓦和德蒙维尔两家
从城里来了,坐着自家的马车
老人们互致寒暄,
老客厅里霎时充满了欢乐。

随后孩子们去捡鸡蛋
或捉迷藏。又去冰冷的卧房
看瞪着白眼的大幅肖像,
或翻看壁炉上稀罕的贝壳收藏。

这时,老人们正在谈论
油画肖像中的某个小孙孙,
说:他是上中学时得伤寒
死的。看那件制服多合身!

仍健在的母亲记起

爱子死时仍在假期,
酷暑时节,茂密的树叶
摇曳在清凉的小溪。

可怜的孩子!——她说:他特爱
母亲,从不会让她伤心。
想起她温良可怜的爱子
十六岁夭折,仍禁不住泪洒衣襟。

如今那母亲也过世了。令人心酸。
悲如我心,在那雨天,
又像栅栏边,雨打罂粟,
亮闪闪,粉红色的花,弯腰了,腐烂了。

我要把……

我要把白色的风信子
放在窗前,放在玻璃缸
泛蓝的清水里边。

我要把球形的冬青
放在你白皙如溪间
光洁卵石般的胸前。

我要把最温柔的爱抚
放在倒霉的狗那可怜的额前,
它浑身疥癣,双眼

瘢痕点点,让它
颤巍巍地离去,略带
少许意足心满。

我要把手放在你手,
让你引我到秋叶
层叠的树荫间,

直至清泉旁的沙砾
被温柔的细雨滴穿,
古老的草场已泥泞不堪。

……
　……细雨

我温柔的心似微雨绵绵。

我要把一束苦涩的常青藤
放在咩咩叫的羊羔面前，
青藤黯淡，润碧其间。

我快乐……

我快乐,阳光下教堂寂然,
靠近葡萄藤下生长蔷薇的花园,
靠近鹅和鸭絮语的路边,
美丽的鹅群洁白似盐。

这小村名叫圣·苏珊:
像祖母的名字一样温婉。
客栈中烟雾腾腾,摆满巨大杯盏,
再没有老妇们絮叨聊天。

阳光下还有些小径幽暗,
那里有清凉的浓荫蜿蜒。
美丽恬淡的星期天午后,
人们在那里的长吻温柔缠绵。

我想着这一切。心中忽泛起
一丝我爱过的女人留下的哀怨。
于是我见到不一样的五月,因为
我心为爱而生,为了不竭的爱恋。

我感到我是为圣洁之爱而生,
就像白色的阳光漫入墙沿。
我心中充满那些冰冷的爱,
当我的十指抚过发间。

纯洁的阳光,温柔的村名,

美丽的鹅群洁白似盐,
一切都化作我昔日爱恋,如
圣·苏珊的小径漫长幽暗。

她去寄宿学校……

她去寄宿学校,在圣心堂,
这是个美白的姑娘。
她乘小马车走过树荫,
假期里,百花绽放。

车缓缓驶下山坡。马车
小且破。她不太富裕,
让我想起六十年前那些古老
家族,都向善,高贵,快乐。

她让我想起那时的女生们,
获奖名册上都有个洛可可式的①
姓名,椭圆形装饰上,有绿,
有红,有茶青,烫金字写着:

克拉拉·黛蕾贝丝,埃列诺尔·德瓦尔,
维克托娅·黛特蒙,洛尔·德·拉瓦莱,
莉娅·福什洛丝,布朗什·德·贝西瓦尔,
罗丝·德·丽梅洛伊和西尔维娅·拉布莱尔。

回想放假期间,这些女生
在至今仍丰饶的庄园,在
孔雀前吃青苹果和变味榛子,

---

① 洛可可式(rococo),又称洛可可风格,18世纪20年代产生于法国并流行于欧洲,是在巴洛克风格的基础上发展而来,其基本特点是纤弱娇媚、华丽精巧、甜腻温柔、纷繁琐细。

金色栅栏的花园里风爽幽暗。

这些家族的餐桌总向来客开放,
人们在此大快朵颐,尽享欢畅。
窗外草坪如碧,
夕阳西斜,玻璃窗熠熠闪光。

后来有位帅小伙娶了个女生,
那是个美得白里透红的姑娘,
床笫上吻她屁股时她笑了。
他们很会生养,儿女成行。

碧水畔……

碧水畔，蚱蜢
　　跳着，窜着，
或在纤弱的胡萝卜花上
　　费力攀缘。

暖溪里，白色鱼群
　　游经黑树边，
夕阳下，水面倒影
　　波光潋滟。

两只聒噪的喜鹊飞了，向远方，
　　远离草场，
飞到干草垛上，
　　周遭草花开放。

三个农夫歇着，读报
　　并照看耕牛，
胖胀的手指触着
　　磨亮的耙头。

水面翻飞的细小蚊蚋
　　从不改向。
交织着飞来飞去，
　　忽下忽上。

我用小棍拍打荒草，

胡思乱想,
蒲公英的绒毛
　　随风飘荡。

我在牧场……
——献给夏尔·拉科斯特①

一
我在牧场,冰凉的水淌过草地,
流经樱桃树,漫过灯芯草和砾石。
天暖时,草地繁花由少女
扎成花束,拿去参加宗教祭礼:
粉红色灯芯草的花束人称花祭。
晚上,少女们身穿白衣,
祭坛上鲜花铺地,本堂神甫
啧啧称赞,说真美丽。

二
他将高举起金色的圣体,②
泪盈眼眶里——荣光呵,荣光,
人们说那是神圣之名,荣光,上帝,
万能的上帝,胜利的上帝!
香炉雾霭与花香
融为一体;姑娘们尖叫声起,
下午四点,天色还亮,
宗教游行将折返街区。

---

① 夏尔·拉科斯特(Charles Lacoste,1870—1959),法国画家,耶麦的朋友。
② 圣体(le Saint-Sacrement),即圣体圣事,是天主教会为纪念基督的死亡及复活而举行的弥撒,又称感恩祭,典出《新约·路加福音》第廿二章。

三
路上垂着荆棘，风儿吹过
白杨透明的树叶，
黄水槽前是浣衣女，
身旁常有折起的衬衣。
泥中跑过鸭子和黄色小鸡，
虫蚋舞水面，
蟋蟀鸣绿篱，
胡蜂飞舞，稚子游戏。

四
天蓝。汀草亦蓝，
阳光下，石灰房子愈显洁白无比，
农夫缓随耕牛，
钉齿耙在手躬身平地。
绿色的麦田微风吹拂，
我经过时却心怀厌弃，
无论花园旁钻出的荆豆，
还是清新农舍旁的犬吠
或粉红的三色草与猩红的苜蓿。

五
我厌弃，可生病时又
思归故里，看看老园子里的
柴垛，摇摇丁香树，让
金龟子坠地，在清冽的
水槽前捧罐喝水，厨房呛味扑鼻，
在温馨肃穆的怀想中伫立，
独自漫步，不徐不疾。
……

六
白色的云,温暾的灰土地。
农庄前,清凉的水槽凝出水滴;
那是整块旧石凿就,晌午
闷热午睡时也会渗些凉气。
墙砖间壁虎疾行,
趾爪上或许蹭掉点墙皮。
天热,很热,太热了,太热,
荆棘丛中,腿很容易擦伤破皮。

七
土地龟裂,我们曾为
墓地的十字架采割地衣;
地衣黄且干,费力
才能刮起;黄水坑里
几片落叶,蝌蚪潜底。
草地上摇曳纤花,
巨橡树上聒噪的喜鹊栖息,
闻人声便又飞去。
七点前后,晚霞红透天际。

八
此地有炽热的太阳。
红又暗的铁匠铺里
铁锤击砧声声不息。
长凳旁青草在砖缝中萌芽,
黄草垛里母鸡啄食麦粒。
妇人们聊着天,见生人路过
便停止饶舌,抬眼望去。
据说雄鸡肉冠上鲜血欲滴。

……
……

一
墙边窜出蔷薇,刚下过雨;
绿篱边蔷薇叶子娇弱无力。
今晨飘起灰色的雾,雾很厚,
看不到很远距离。雾绕
山坡,与黑松针叶平齐;
稍凉,但不冷。湿漉漉的
墙边长满蔷薇,我刚瞥见挤奶的妇女。

二
路上有棵剥了皮的白杨,
白树干被雨水润出黄渍,
触手时略感一丝凉意。
湿柳沙沙作响,守望田野的门户;
牧草歇息了;绿篱边,
见黑色树枝上挂满水滴;
喜鹊落在路边,
牛车和房檐上的麦秸雨滴淅沥。

三
天色灰暗无云:燕子
在灰蒙阴冷的天空下鸣啼,
翅膀组成黑十字。
屋顶上的尖叫声回荡凄厉,
红砖烟囱里炊烟冉冉升起。
阁楼上暗又深,
看不清底里。
开始下雨了,大雨滴断断续续。

少女……

那少女洁白无比,
腕上有青青的
血脉,露在敞开的
　　袖里。

不解她为何笑靥
满面。转而又
凄迷,惹人
　　怜惜。

难道她会料到
路边采花时
会把你们的心
　　掳去?

人们有时说
她通晓万物玄秘。
不尽然吧。她低声
　　细气。

"哦!亲爱的!哎呀呀……
……没想到……礼拜二
见到他……就笑,笑了。"她如此
　　絮语。

当小伙子苦闷时,

她先就不语：
也不笑了，满脸
　　诧异。

小径上，
有刺的欧石楠
和蕨薇，她捧满
　　双臂。

她颀长，白皙，
有温润的玉臂。
她的头微倾，亭亭
　　玉立。

我谈起天主……

我谈起天主——可
我信吗?——五岁时
大人说:拿块面饼……

和玛丽在晚祷时
吃下。乖点儿,要祈祷
好天主和圣母马利亚。

——接着宗教游行,
保姆带我相随,
博彩的器皿中

插着美丽的绒花。
如花的少女们
把漂亮的花向空中抛撒。

我抬起头,想看到
本堂神甫和临时祭坛上
闪光的圣体显供台。

人们唱着:呵仁慈的圣母!
呵百合无瑕!陡坡之花!
——只见蜡烛大放光华。

人们继续抛撒鲜花,

还唱着:七苦的圣母啊,①
请把我心笑纳!

神气的本堂神甫
举臂指挥感恩弥撒。
圣歌中我只听到:

你……你……你啊……
礼拜……呜呜呜……
呜……你啊……

人们继续抛撒玫瑰花。
女人们都为如此的
美妙盛典泪如雨下。

我看到圣诞马槽里的
初生耶稣,赤裸着。
驴子低头看着他。②

---

① 圣母七苦(notre Dame des sept douleurs),指圣母马利亚因耶稣的种种苦难而感受到的七种心如刀割的巨大痛苦。传统的圣母七苦经文是:1.闻西默盎,预言吾主,受难之状,圣母一苦;2.王黑落德,心生恶计,谋弑吾主,圣母二苦;3.京都瞻礼,行归在路,不见吾主,圣母三苦;4.主负十字,重压跌仆,苦街相遇,圣母四苦;5.见举圣架,通体全伤,七言而终,圣母五苦;6.吾主圣躯,二圣取下,白布敬殓,圣母六苦;7.圣身已葬,石板盖墓,忧闷回府,圣母七苦。纪念圣母七苦的节日始自1668年,1817年教皇碧岳七世(Pius VII,1800—1823在位)将其确定为教会的节日,于每年的9月15日纪念。
② 据《圣经·新约·路加福音》第二章,耶稣降生于伯利恒一家旅店畜厩的马槽里。

妈妈说过：三王来朝①时，
向聪慧的小耶稣
供奉了没药和圣画。

可我一直以为天主是个
一身白衣的老汉，会
要啥给啥。

他存在与否，对我都
无所谓吧——反正村子里
教堂灰暗，又温馨如花。

---

① 三王来朝是个流传很广的圣经故事，讲耶稣出生后，有三位从东方来的客人知道救世主降生，便去朝拜圣母子，献上带去的羔羊美酒等礼物。直至现在，欧洲一些国家还有"三王来朝节"，即以传说中朝拜的日期为定。典出《圣经·新约·玛窦福音》第二章。

谷仓里……
——献给安德烈·纪德

谷仓里，凹凸夯实的硬地面，
牛车和沾满泥污的树杈
堆成的柴垛一同安眠。
轰响的脱粒机在安详的
牛群间停转，
麦壳的残屑洒满地面。

好天主的鸡雏就是乳燕，
刚从梁上燕巢坠落地面。

两个佃农慢慢而敏捷地
跳到另一条梁上，用钉子
把房顶翘曲的铁皮封严。
填实麦秸，放回落地的雏燕。

此时，看到母燕
慌忙冲向蓝天，似拖曳的
网状线。

　不久，母燕归巢。
我坐在锃亮的耙子和犁铧边，
心中滑过一丝温情的哀愁，
心灵深处仿佛射进一缕
阳光，有些许尘埃浮泛。

跑来八头迷人猪崽,
想是给小女孩的礼物。
看似出生三周未满,
还缠斗着,山羊般拱起身子,
快跑起来有些绊蒜。

母猪奄拉着皴皱的奶头,
鬃毛硬挺,拱嘴污泥沾。

美好夏日,贫贱的生命
向我呈现它全部的尊严。

当沉郁、安详、帅气的
农夫走过我矮凳边,
在清新的黄昏中驾车远去;
我垂头,无片言。

有用的历法
——献给雷米·德·古尔蒙①

白羊座 γ 星在三月升起,要播种
三叶草、胡萝卜、甘蓝和紫苜蓿。
耙地后,在树底
施肥,修成矩形菜畦。
葡萄剪枝后,用木柱
把葡萄藤在原地支起。

牲畜结束了吃干草的冬日。
双眼漂亮的小牛自有母亲
舔舐,不用牵去草地,
它不时还需新鲜草料养育。
白天延长一小时五十分钟。
夜里也很暖和,黄昏时分,
迟归的牧人鼓腮吹笛。
羊群走过憨厚的牧羊犬前,
这羊群卫士摇头摆尾惬意。

如满月之愿,耶稣受难日②

---

① 雷米·德·古尔蒙(Remy de Gourmont,1858—1915),法国作家、记者和艺术评论家,耶麦的挚友。
② 耶稣受难日(la Passion),基督教节日,在复活节的前一个星期五。耶稣受难日是纪念基督生命中最高潮的一周(即"圣周",又称"受难周")中最重大的日子。这一周从复活节前的一个星期日(棕榈主日)开始,经复活节前的星期四(立圣餐日)和星期五(受难日),到复活节(星期日)结束。耶稣受难之日是犹太历尼散月十四日,按照当前的历法推算,是儒略历公元33年4月2日(星期四)—4月3日(星期五)或格里历公元33年3月31日(星期四)—4月1日(星期五)。这一天是一个满月日。

会在美好的月中或月末降临。

随着美好的圣枝主日到来。
幼时,大人给我些糕点,
晚祷时,我听话又伤感。
母亲说:老家还有橄榄……
橄榄园里耶稣泪潸潸……①
人们会迈着快步找寻他……
在耶路撒冷,人们含泪将他呼唤……
他温柔有如上天,他的小驴子
小跑撒欢,路上棕榈枝铺满。
凄苦的乞丐乐极而泣,
跟随他,心生信念……
看他头戴美丽光环走过,
悍妇也能变身良善,
人们相信那是阳光烁闪。
他面带微笑,头发是蜜色的。
他能起死回生……却被钉上十字架受难……
我想起晚祷,想起童年,
我落泪,哽咽,再不是
流年三月里那弱小童男,
再不能去村里教堂
持香参加宗教游行,
聆听本堂神甫讲基督受难。

三月,与女友流连深色
槿科植物边,你会欢颜。
浓荫中,有奶紫色长春花,

---

① 橄榄园(le jardin des oliviers),耶稣的蒙难之地。

它曾令哀伤热狂的让-雅克喜欢。①
林中,你会找到疗肺草,
花分紫色、酒红和灰绿,点染
白斑,粗糙却绒毛细软。
疗肺草花有个真实的故事流传;
金蝶在碎米荠旁飞舞,
纤弱草花和黑色嚏根草,
易折的风信子
分泌出黏液亮闪;
臭味的长寿花和银莲花、水仙
令人联想起瑞士的峭壁雪山;
连钱草能减轻哮喘。
若你女友妙龄美腿,
体态婀娜简洁,有闪光的
曲线,沉醉,情耽,
三月的爱就有如神助,
因为纯光和玉臂绝配无限。
你女友肩臂流光,
从头到脚,整个身体
似白色清泉,勾勒出丰臀曲线。
若厌倦了爱,就转去狩猎,
还能猎几只山鹬玩玩。

朋友,你若厌倦了城里,
就请来我的陋居,
简洁地品味三月。
不用琢磨生活与艺术的哲理。

---

① 此处指卢梭。卢梭喜爱长春花,详见其《忏悔录》第六章。

若你愿意,在朗日下吟诵
隽永诗句,幻想女性奉献
葡萄珠般胸脯时微笑的甜蜜,
我会向你伸出双手,心存感激。

九月
——献给保尔·克洛岱尔 [①]

九月运行在天秤座的轨迹,
这是戴着四方帽,想确认
刮风与否的学者们的分析。
那个时候,船儿在大海上
狂舞。书里说是秋分节气。
从黄道、天体和潮汐
诠释九月的大地,
我也读过,但觉有悖常理。

卧室,书上,一首名诗里,
我见到许多黑白圆球,
还有带状物和光线充斥天体。
令人联想起哥伦布,[②]
那高尚的狂人勇进披靡,
却被暴君投入大狱,
只因善妒的姐妹名叫背弃。
这里,我要唱颂本月的禽畜,
我想它们与月份没有关系,
可我只能点到为止,
对诗人,纸贵得出奇。

[①] 保尔·克洛岱尔(Paul Claudel,1868—1955),法国诗人、剧作家、评论家和外交官,法兰西学院院士,耶麦的朋友。
[②] 哥伦布(Christophe Colomb,1451—1506),意大利航海家,地理大发现的先驱和新航路的开辟者,登上美洲大陆的第一个欧洲人。

缪斯!给我灵感,来杯纯比诺,①
在水畔,让我尝试着
对主持赛事的诗友们施展魔力。

驴子,长耳,把头低。
悠闲的农夫为它披上短布衣,
只因九月里,葡萄串
染成金黄,香甜黏手,蜜蜂
萦绕,叮咬可怜的毛驴。

雄鸡,性躁,灿羽,踩
母鸡,催蛋孵小鸡。
太阳升起,驱散晨雾,
雄鸡醒来,让原野
回响它壮丽的鸣啼。

传统节日常见慢吞吞的牛,
在驯化家畜中最让人受益。
它摆动和善的头和粗脖子,
走出阴暗厩舍,腿挂粪泥,
稚气的粉色牝犊跟随着它,
走向银蓝色的天际。

还有:水面上,分杈的灯芯草旁,
蓝蜻蜓悬停,颤动羽翼。

公山羊,尖须,关节粗粝,
硬毛皮,在泥沟旁啃食

---

① 比诺(le pineau),法国夏朗德(Charentes)地区出产的一种葡萄甜酒。

野葡萄,声似刀剪裁衣。

牧羊人前的母羊群:
身上覆盖雪花般的毛皮。
亢奋的牧羊犬跑来窜去。
又见牧羊人怀里
刚出生的羊羔孱弱无力,
羊妈妈想舔它,咩咩悲啼。

猪:总见它在农庄厩肥里
嗅食土豆皮。
可笑、丑陋任人说,
宰杀时,我仍不禁
战栗,不时地,从屠夫
刺穿的可怜肥硕脖腔里
冒出号叫,悠长尖利,
当它闭上眼,血污的拱嘴
扭曲,似求人怜悯——
人毕竟有灵,心知怜惜。

电报线上,双飞燕子栖息,
令纯真少女梦想爱情奇迹。

驴子、牛、猪、牝犊和其他禽畜,
经常出现在奥尔泰兹的集市上,
九月黄昏,当客栈渐暗的阳光
把远处的石板路和玻璃窗照亮。
聊天声中,日移影斜。
农夫们手持鞭子,身形长长。
泥泞斑驳的牛车摇摇晃晃。

收割人在石板路上磨着镰刀。
牧牛人在调试嘶哑的脖铃。
无花果味道的酿酒桶被拖往
昏暗的压榨工场。

  就是这样,我热泪盈眶,
想起九月的良宵,
仁慈的主坐镇天堂;总有一天,
我将去那里,离开
宁静的小房;那里,家人
和虔诚的信徒,绝无
哥伦布穿越四行时的张狂,①
而是至醇和古道热肠,
有如我写诗一样,就像
幼时,我没学会走就想跑,
向亲友伸出小手,还泪眼
汪汪,呵,主啊!不知为何,
不知为谁,也不知缘何感伤。

既如此,管它什么九月,动物植物?
说什么春播,夏种,秋收,冬藏?
管它要种些什么扁桃、
白樱桃和杏树?
管它明春要备些什么口粮?
管它欧芹、香芹留什么种,
管它为旱芹、生菜培何土壤,
既然终要死亡?

---

① 四行 (les éléments),指土、水、风、火。古代哲学家认为四行是构成宇宙一切物体的四个本原。

我将行经大地,
会被称为怀疑论者和诗人,
因为我总在笑着哭泣,
因为我知道天主至伟,
在他面前我们该嘲谑自己。

缪斯呵！请平复这痛苦的心。假如
有一天我尸身重归九月的葡萄架下:
就请用我心之血,将一株金葡萄培育,
像伶俐的鸫鸟婉转鸣啼。再者:
但愿某天走来一位少女,笑摘
葡萄品尝,想不到坟茔里
我心在永久甜美地安憩。
愿她边吃边对女友说:今年
九月,琥珀色的葡萄珠晚熟,
吃上这甜美葡萄,我很惬意。

那么,朋友们,现在该你们吹响
芦笛,因美女而亢奋的脸庞放光。
我知道了:因为你们温柔的音符
已伴随鸟鸣,在蓝色小径旁飘荡。
去吧。请为九月外其他的月份歌唱。

客厅旁……
——献给阿莫里·德·卡赞诺夫①

客厅旁,右边,一泓清泉。
黑蕨菜、常春藤和苔藓
对着清泉惬意装扮。
大路沿泉流延展,酷夏的
大地蒸腾白烟。
走在路上,(行人)
会感到土地将草鞋点燃。
四周惨白的溽暑低叹;
一旦临近潺潺的流泉,
周身便凉爽释然。

我常沿着通往阿热莫的②
白色大道去你的家。
我注视海岸线的双眼
仿佛见到了人影闪现。
可我哀愁的目光搜寻驿车
却是枉然,早在我出生前,
搭载安的列斯群岛祖父的车
便是沿着这条活水重返家园。

---

① 阿莫里·德·卡赞诺夫(Amaury de Cazanove, 1845—1916),法国诗人,耶麦1891年与之结识。他曾邀请耶麦到自己的城堡做客,并鼓励他写诗。
② 阿热莫(Hagetmau),法国南部朗德省(Landes)的一个市镇。

传说圣诞日……
——献给 M.R. 小姐

传说圣诞日,厩舍,夜半,
驴子和牛曾在虔诚光影中交谈。
我信。何不呢?于是,雪夜里:
繁星变玫瑰,搭起祭坛。

这秘密,驴子和牛保守经年。
无人猜嫌。可我,我知晓它们
把这惊天秘密深藏谦卑的心间。
因为我们的眼神足以交谈。

它们是晔晔的草原之友,
纤细的亚麻花刺向青天,在
雏菊旁轻颤,雏菊身着白裙,
对它们,每日都是礼拜天。

它们是大头蟋蟀之友,
蟋蟀吟唱出美妙的
小弥撒,金色蓓蕾便是铃铛,
而苜蓿花化作神奇的蜡烛盏盏。

驴子和牛没聊过这些,
因为它们至朴至简,
他们洞悉一切真相
不便明言。绝对相反。

可我，在夏天，当蜇人的蜜蜂
像片片太阳飞旋，
我同情小驴子，该为它
罩上粗布长衫。

我也想让牛对仁慈的主开言，
希望蕨草覆盖犄角间，
好让它痛苦可怜的头避开
令它癫狂的烈日炎炎。

树林里祥和安然……

静穆的树林里祥和安然，
阔大的树叶阻断流泉，
安睡的水面，映出歇在
金色苔藓顶端的纯净蓝天。

我坐在黑橡树脚下，
平心静气。一只鸫鸟
高处栖息。万物如斯。而生命，
静寂里，温情、庄严、神奇。

当我的公狗和母狗四目
圆睁，欲扑飞蝇，
我的痛苦稍歇，听凭
宿命去苦心慰藉我的魂灵。

雨水流淌……

雨后,泥泞的树林中雨水
流淌。如今已浸透了草场。
乌鸫栖息在湿荆条上,
这黄荆条要用来编织箩筐。
铁管中我畅饮甜美甘泉,
身边,锈渍和青苔迎向白色太阳。
那时在苔藓旁我就该爱上你,
因为你也有甜美的脸庞。
可如今,我微笑着口衔烟斗。
旧梦像喜鹊飞去音渺茫。
我想过,也读过巴黎城
文人们的小说和诗章。
唉!他们从未临泉而居,没见过
落叶般跃入泉水的山鹬沐浴欢畅。
何不随我林间行,
一览柴扉久已荒,
辨斑鸫,识憨农,观银色
沙椎鸟,欣赏冬青的闪光。
他们也会笑衔烟斗,
若仍痛苦,因男人脆弱感伤,
但闻苍鹰在茅檐刺耳
鸣叫,胸中块垒便一扫而光。

071

农夫……

农夫从集市归来近傍晚,
羊群沿大路跟在后面。
几只牛犊不愿再走,
只好用绳子
强牵向前。可白鼻梁牛犊
却啃咬绳索,口鼻流涎。
羊群不时乱跑,
主人木讷的黄狗
在后面追逐、吠叫——
在路面卷起尘烟。
树篱列路边——树篱和草地后,
田野连绵——可闻山涧
飞湍;绿、黄、棕色的田畴
与远山连成一片。
远眺处,丘陵依山尽,
远山后,更是无垠蓝天。

牧场……

河滨,牧场,水草丰美。
暴雨令湿透的麦子低垂,
岸边已是一片苍翠,
惟有柳树仍显淡灰。
干草垛似蜂箱林立。
飘过的山峦柔曼无比。
诗友,万物皆美,没有痛苦
能攫走我们心中的欢愉。
我想,逃避痛苦毫无意义,
因为胡蜂从不离开草地。
任生命流逝,黑色母牛群
照常吃草在水源之地。
悲悯那些饱尝痛苦之人,
大家彼此,真正无异,
只是他们少些才艺。
这是惟一差别,可重要无比。
真情的抚慰就是美好的爱,
如旧溪畔一株草莓萌发新绿。

你赤裸在石楠花上……

你赤裸在湿润桃红的石楠花上,
如同课堂的那些姑娘,近旁,
牧场尽头是嬉戏的山羊。
你会沉入无梦的梦乡,
你的双腿同样温热柔软,
在苔藓冰凝的绿雨中闪亮。
你的身体似空气和水般清纯。
蟋蟀会倚着荒宅
颓壁喧唱,墙脚下,是
林中的粉红色蘑菇生长。
银色的云雀鸣叫着
疾翔。睡梦中,
你把一只手放在满是麦秆
和硬麦穗而刺痒的头发上。

你将赤裸……

你将赤裸在摆满旧物的客厅,
纤细得像一根发亮的芦苇秆,
双腿交叉,偎着粉红的炉火,
  你要倾听冬天。

你脚边,我要把你双膝拥在胸前。
你微笑着,胜过柳枝优雅安娴,
你把我的头放在你温柔的腿上,
  这柔情令我泪涟。

我俩骄矜的目光变得柔曼,
我吻你胸,你向我
微笑着垂下眼帘,任
  温柔的颈项前弯。

随后,病弱忠诚的老女佣
敲门,并说:已备好晚餐,
你羞赧地惊跳起,纤手
  整理灰裙子的花边。

当风儿从门缝吹过,
当老座钟报时迟缓,
你把小黑奁中的象牙香水
  涂抹双腿间。

云朵是一片沙滩……

云朵是一片黑色的沙滩,
漂浮于夜阑的松巅,
拂晓六点前。远处曙光
初现,宛若大海的傍晚。

你若是斑尾林鸽,
我便是小野兔,
在深紫柔长的
影翳间安眠。

在发亮的背上,我把
长耳朵压扁,你呢,
你晃动深灰温润的颈项
左顾右盼。

愁闷的男人们要来了,
带齐斧头和枪弹,
他们采集金色的松脂,
松树上鳞片斑斑。

你若非斑尾林鸽,
我也不是野兔。
你会在蕨草旁
巨松长影上绵延。

黑松林的松针,

苦涩，青翠，暗淡，
掉在你柔嫩肌肤上，
又滑落，如苔藓。

你遍身赤裸，
四周是欧石楠，
远处，长毛小野兔
翻滚着，连蹦带窜。

世界真美好温暖，
小野兔很是欣然。
灰色的大片云团，
林鸽和冬青亦会同感。

愁闷而粗莽的农夫
当如林鸽般温婉，
可他们猎枪的霰弹
让美羽鸟血斑斑。

树脂流淌……

一

樱桃树脂像金泪般流淌。
爱人呵,今天翻滚热浪:
你且安睡花丛,蝉儿在
老蔷薇繁枝茂叶中喧唱。

昨天在客厅聊天,你有些紧张……
今天就我们俩——露丝·般珈儿!
身着裙纱你静静地睡吧,
在我的亲吻中沉入梦乡。

暑热,只闻蜜蜂歌唱……
歇息吧,小苍蝇,你有温柔情肠!
又有何声响?……那是眠着翠鸟的

榛树丛下,小溪流淌……
睡吧,我辨不出是你的笑声
还是光洁卵石上溪水的淙响……

二

你梦境温柔——温柔得令你
樱唇翕张——似甜吻模样……
说呵,长满百里香和忍冬的岩石上
你可梦到休憩的白羊?

说呵,密林深处苔痕上,你

可梦到清泉合着幽韵叮咚奔淌?
——或梦到粉翠的鸟儿
惊走山兔,撞破蛛网?

你的梦境中,绣球花可化为月亮?……
——或许还梦到井栏上金合欢
花开金雪,弥散没药的馨香?

——或梦到你樱唇在桶底荡漾,
让我误以为老蔷薇落红,
在银亮的水中随风飘荡?

你会来……

你会来,阳光下,路边
欧石楠丛中,蜜蜂翻飞上下。

你会笑着来,红唇
似石榴花和三叶花。

你会说恋他久矣,
却拒将笑吻送他。

当你颤抖着,香汗淋漓,
欲送香吻,却见他死啦。

阳光使井水闪光……
——献给夏尔·德·鲍尔德[①]

阳光使井水在玻璃杯里闪光。
农庄的石板路碎了,年代太久长,
青色山峦露出柔和的线条,
仿佛苔藓中有湿润的岚光。
河水黝黑,而黝黑的树根
盘绕在饱经冲刷的河岸旁。
阳光下,人们收割,草儿点头,
忠犬吠叫,却胆怯又窝囊。
生命继续着。有个农夫对着
偷挖菜豆的女丐怒骂叫嚷。
小片的林地上堆着黑色的石块。
果园中飘来了温热梨子的甜香。
大地好似收割干草的农妇。
教堂的钟声像咳嗽般回荡远方。
天空又蓝又亮,藏在麦秸垛里,
能听到簌簌飞的鹌鹑渐无声响。

[①] 夏尔·德·鲍尔德(Charles de Bordeu,1857—1926),法国作家,耶麦的挚友。

当雾色……

当雾色照亮了污泥，
谷仓的光在雾中游移，
我在你家老宅的锌皮水管前
停下脚步，看到小金丝雀旁
正在灯光下刺绣的你。

从绿格窗粉色的缝隙中
透出了海岛的气息，仿佛
在那奇特之海流经的异域，
我们出生前已在那儿生息，
我觉得，我至今仍在那里。

在街上我看到闪亮的门板。
门厅早破败无疑，昆虫
从长长的门板下探出
黑亮的头。这门板历尽风霜，
碎木屑布满坚硬的框架两翼。

这悲伤的日子，一切重回脑际，
因为依旧是坏天气，我卧室里
落下了尘灰般的阴翳，
你、昆虫、灯火，你们太遥远，
我想起了那个叫十一月的节气。

假如你读了却又不懂：
只要你能理解，能阅读，

你也会向往那热带地区，
向往巧克力和茉莉飘香的异域，
古时候，大货船可都驶往那里。

我死后，如果有人读到这些诗句，
就请去个小城的码头旁把你寻觅；
他会向你解释何谓诗人，
那边，大海上盘旋着金色的海鸟，
女友，我们出生前已在那里生息。

你不会明白这些解释。
你会心软，拿起老派的女帽
把椴树花采集，而我在棺材里，
除了诗人的傲骨一无所有，
为对你涌起诗人的激情而战栗。

出于自尊，我想把几首诗
题献给像你一样温柔体贴
却又啥都不懂的少女。
古老火堆旁传来大海的涛声，
你温柔得形同唱颂圣体瞻礼。

你烦吗……

你烦吗?
——这雨
很猛,
很猛。

我叼着
陶土烟斗,
用火炭
点燃。

你很远,
角落里
你把假期
思念。

雨水
冲刷着
路上的石板。
我很烦。

白色的
窗棂边,我倾听
冰冷的水珠
滴溅。

你没来,

既然
很远,
就不要冒险。

你很远,
我很烦,
雨中,我什么也
听不见:

无论瓢泼大雨
或细雨绵绵,
无论早到
还是来晚。

我什么也
看不见。——能听到
那温情的葬礼上
传来的言谈?……

我不能,
这黯淡日子的
雨水
把一切遮掩。

晌午的村庄……
——献给欧内斯特·卡耶巴尔 ①

晌午的村庄。金蝇
　　在牛角间哼唱。
　　走吧,要是你乐意,
要是你乐意,咱们去乏味的田野逛逛。

听,雄鸡……听,钟声……听,孔雀……
　　听那儿,那儿,驴子……
　　还有黑色的燕子翱翔。
路旁是缎带般蜿蜒的白杨。

青苔啃食着水井壁!你听,它
　　吱嘎作响,还在响,
　　那是因为金发女郎
手中的黑色旧桶里白银似雨点般流淌。

少女走了,水罐歪向
　　她金色的头,
　　她的头像一只蜂巢,
在桃花下掩映阳光。

镇子里,发黑的屋顶上,

---

① 欧内斯特·卡耶巴尔(Ernest Caillebar,1852—1936),耶麦的姐夫,时任埃斯唐镇(法国南部比利牛斯大区热尔省的一个市镇)的镇长。

青色炊烟飘向蔚蓝的穹苍；
　　而倦怠的道旁树
在微颤的地平线摇晃。

来吧，我为你戴上……

来吧，我为你戴上樱桃红的
　　耳环，
再指给你看长长的葡萄藤上
蓝乌鸫和斑鸫正在盘旋。
来吧，这是酷热的季节，
　　百花吐艳。
白色胡萝卜和两三株长春花
生长在满是尘土的沟边，
林荫深处，鸟儿叽喳着。
　　燃烧的天。
池沼里生长着长长的灯芯草，
灰色的蛙蹦跳在水潭。
在炎热清新的地方，你看看
　　温柔的清泉。
在土黄色的蜜蜂旁，它淌过
　　红土壤，或流过苔藓。

我知道你很贫寒……

我知道你很贫寒:
你的裙子也很寒酸。
你温柔的表情令我
心碎,我要送你一件。

可你比其他人
更美,你的唇
更甜——你一触到
我的手,我便癫狂欲仙。

你很贫寒,正因为
如此,你很良善;
我乐意将我的吻
和玫瑰向你奉献。

因为你是少女:
书籍给你信念,
还有美谈
发生在绿篱边,

在蔷薇、成熟的果实
和鲜花遍野的草原流传;
那些繁枝茂叶
都已载入诗篇。

我知道你很贫寒:

你的裙子也很寒酸。
你温柔的表情令我
心碎,我要送你一件。

你温柔的面庞……

你温柔的面庞在受煎熬。
我吞下了你的泪,
小女友,它咸咸的,
如潮水中的一棵草。

泪水咬着我的舌头……
你悲伤地走了,
登上重且慢的公共马车,
为我走而哭着;

你的唇贴着我的唇,
你转动着头,
你温柔哭泣的时候,
你好个温柔……

那边的窗台上
有蓝色的牵牛花,下雨了。
它们像一个吻,晃动在
你清秀温柔的头上。

你没有让我厌烦。
其他人才招我生厌。
我忧愁的心感到烦闷,
像厌倦的云团。

苍蝇飞上玻璃窗,
那是我想你的时候。
一切如我般哀伤。
万物都在衔愁。

到了秋月……
——献给维埃雷-格里芬 ①

到了秋月,胖嘟嘟的鹌鹑
走了,秧鸡觅食着小蜗牛,
在雨后的草场滑行。
山坡前,早看见
从容翱翔的雏鹰,
可长天上,巨翼的凤头麦鸡
像网线般搅乱雏鹰试图恢复的
队形,向泥泞的湿地苇丛飞行。
然后,是孩子们喜爱的野鸭
机械而精准地飞过天空,
警觉的苍鹭,也高高地停留云层;
懒洋洋的鸭子,围成半圆形,
在那儿微微抖着,直到不见踪影。
然后是鹤群,喙上带钩,
嘎嘎叫着,一只接替一只,
从队尾向队头疾行。
维埃雷-格里芬,诗人如此炼成:
却找不到苦苦寻觅的平静,
殊不知巴希尔照常杀猪,
四处传遍凄厉的猪叫声,
而我们总对琐屑事小怪大惊……

---

① 维埃雷-格里芬(Francis Vielé-Griffin, 1864—1937),法国象征主义诗人,耶麦的朋友,生于美国。

可照样有意中人，一身粉红，
在雨中倩笑，玉立
亭亭。还有生病的看家狗，
躺在杂物中，眼睁睁看着
大限来临，却丝毫不懂。
这一切相互交织，时衰时盛，
祸兮福所倚，福兮祸所生，
此即生活，智者为之命名。

孔夫子的礼……
——献给克里斯蒂安·舍菲尔 ①

在蓝色的中央帝国,孔夫子
待逝者以适宜之"礼"。
这契合本意,因水火相克,
犹如生命渐息,逝者如斯。

他不像某些帝国的大人物
去精心矫饰自己的话语。
华贵的浮屠中,宝瓶和金鱼
无需刻意地装饰自己。

他端步前往王宫,
静心聆听吹竽,
竽声平复情感,像月光
使焦山和紫树变得和煦。

他与城里的官员和军队首领
谈话,礼仪谦恭得体。
他没有世俗亲疏,与平民
共进膳食也彬彬有礼。

他喜爱有关"乐"的一切,
偏爱芦荻制成的简单乐器,
芦荻产自柔软的沼泽黄泥,

---

① 克里斯蒂安·舍菲尔(Christian Cherfils,1858—1926),法国作家。

未名的鸟儿啁啾着筑巢栖息。

他喜爱美食,脍不厌细。
傍晚爱讨论宏论要义,
更喜弟子们在木灯檠旁
洗耳恭听他讲授伦理。

他谈死甚于谈爱,
宣称无人理解死的奥秘。
他乐见得意弟子们驻足窗前,
在灰红色蓖麻丛中时隐时匿。

晚上,他焚香沐浴,
然后庄重地在木简上写下文字,
木简中的经文交织缠绕,一如
法学家或诗哲脑中美妙的思绪。

他也去看过诸侯国的海船,
欣赏船的整齐,见过世面的船夫们
和善的话语,显示出他们
有着沧海般深邃明晰的思虑。

面对有人询问欲望的问题,
子曰:人之大欲存焉,
你我无异;这是很浅显的道理。

随后,他笑眯眯地朝自己的棺木望去。

1895 年 3 月,阿博斯 ①

---

① 阿博斯(Abos),法国市镇名,位于比利牛斯-大西洋省。

我爱你……

一
我爱你,不知渴望你什么。
昨天奔跑时,胸脯碰到你,
我光溜溜的细腿都颤抖了。

二
我的热血涌到嗓子眼,比车轮
剧烈,感觉你温润的胳膊透过
裙子闪亮,宛若冬青的树叶。

一
我爱你,可我不知渴望什么。
我想躺下,我会睡着……
龙胆树在林中泛着蓝和黑的颜色。

二
我爱你。让我把你揽在怀里……
林中的树上,阳光照亮了雨滴……
让你睡我怀中,我睡你怀里。

一
我怕。我爱你,我转过头,像
旧长椅旁的蜂巢,那里蜜蜂嗡嗡,
刚从葡萄园采回黏黏的花蜜。

二
天热了。麦田里长满红花。
躺在麦地里,把吻送给我吧。
草场深处的青蝇——你在听吗?

一
大地一片热浪。开满孟加拉玫瑰的
老墙旁,有几只蝉儿趴在
梧桐树粗糙发白的树皮上。

二
真理是赤裸的,请你也赤裸吧。
你僵硬的身子下麦穗爆裂噼啪,
青春的爱令你的身体洁白无瑕。

一
我不敢,可我想今夜赤裸……
可我会怕你,怕你会触到我。
我一身洁白,黑漆漆的夜色。

二
林中松鸦叫了,因为它们喜欢。
闪亮的天牛在橡树上攀缘。
喜爱远飞的金色蜜蜂分蜂了。

一
用双臂抱住我吧。我只想爱,
空气中,我的肌肤燃烧发亮,
我要搂紧你,像藤缠树一样。

二
秋天，兽群走向金黄的树林，
金鲤归于渊，美丽归于女人，
躯体走向躯体，灵魂走向灵魂。

回想起……

回想起你绿格窗的卧房,
夏天,门闩很烫。
我自忖,可能你已长大变样,
当初却是五岁的小姑娘,
初次相见时,你和
颤巍巍的祖父住在一座农庄。

还记得吗?我俩那时都是孩子,
一个礼拜天,天气闷热白亮,
蔷薇在结果的梨树旁开放,
铁绿色的金龟子趴在花上,
我慢吞吞地跟着一个小姑娘,
那时你悄悄靠近一只落下的
麻雀,我要逮它,你对我讲。
可现在,童年的温馨一去不返,
像飞走的斑鸠一样。呵!少小时光……
心中多少话要讲,如感伤的
火上,瓦罐中滚沸着穷人的菜汤。

我在受苦,却……

我在受苦,却未因痛苦而躁狂,
尽管有人幸灾乐祸,讪笑一旁。
有个男人伤害了我,我会用积攒的
零钱,给自己清白的灵魂补偿。

对我不冷不热的你让我怀想,
你投足,周身仿佛咏唱,
你举手,通体似清泉流淌,
狗守护牝犊,薄荷在旁闪光。

世事的嬗变,不依从我的愿望。
既爱你就一切简单,无须多想。
积雪的小径上,乐声如此感伤……
不过,不可能的事也成功有望。

如今你会来我小桌旁。像你
一样,我把你凝望。不觉中,
我双臂颤抖,忘情滑向你的
臂膀,你的双臂像水滑落沙滩上。

我唇贴你唇,身子贴你身上,
你微笑。橡树叶已霉变发黄。
孩子们追逐胆怯的小狗。
一切鲜活,而你的爱却已死亡。

若我是阿拉伯人,会把你留在

有活水和石榴的地方,
那儿蓝骆驼从连廊下络绎而过,
驮着装满冷水的羊皮袋和水囊……

请倾听我与蟋蟀同样的哀伤
在盐一样发亮的烟炱中鸣唱。
来吧,我们有臂膀。在金秋的
天际,会吃到蜂儿酿造的蜜糖。

你呵,苔蔷薇……

你呵,金发的苔蔷薇①,在你耳畔,
让我的诗像蜜蜂般萦回低颤。

让我凝望你滑过的目光,像滑过的
夜神一样,为你催眠,闪烁金光!

让我万般温柔的祈求令你陶醉,
——宛若苔藓深处的露水!

当你为愉悦而要我的心时,我愿
我的心像血之花在你秀发间绽放!

我落泪时,呵,小傻瓜,愿你
藉我的呼喊,助兴你的欢畅,

当人们把我放进阴暗的棺木,
愿你最后的泪珠令你美目流光,

为那些活下来一睹你更加美丽的人们
在我的死亡中欣赏你永恒的青春征象。

---

① 法文中的"rose"一词既是花名(蔷薇),又可用作女性人名"露丝"(Rose)。此处"金发的苔蔷薇"写为"Rose moussue et blonde",似寓意人名。苔蔷薇(rose moussue),是欧洲最古老的蔷薇品种之一,原产于法国南部,其名字的由来是因其花萼及花托上长满带有分叉的绒毛,形如苔藓一般。它的花色代表了深红色系,一般从粉红、肉红到紫红,唯独缺少纯红色。它还有个特点,即花萼上的绒毛具有分泌香味的腺体,故在花开之前就能闻到让人愉悦的香味,是现代月季香味的始祖之一。

女友，可记得……

女友，可记得牧场砾石遍地的那天，
在阳光下氤氲的山谷之间，
群山晕染着修士们酿造的
利口酒般的色泽，醇香弥漫。
那是傍晚，我身心闲适舒展，
面向金碧色积雪的山巅，泪涌
双眼，又怀恋起故乡的童年，
在那儿，向着清冷天空，向着彤雪飞卷，
向着山民，向着母羊群，向着羊倌，
向着山羊群和牧羊犬，还有黄杨牧笛，
早被胼胝糙手揉摸得亮闪，
向着兽群踩踏的废弃钟塔，
向着激流，向着肃穆的花园，
向着善良的本堂神甫老宅，顽童们高唱，
尾随在放歌的新兵后面，
向着小溪，向着红鳍白鱼，
向着村庄广场的喷泉，
那时还是男童的我聪慧而伤感。

我仰望苍穹……

我仰望苍穹，惟见
　　阴浊长空，
有鸟高飞。我未闻
　　一声啼鸣。

有人说天气潮热，它不知
　　何去何从，
说它飞不远，会像卵石
　　坠落草丛。

可它飞走了。——向低处张望，
　　我看到屋顶。
那鸟在干嘛？我不知道：
　　可这回，

看到了那个黑点——我只惦记
　　那个黑点，
那小黑点从灰濛长空掠过。
　　就在昨天傍晚。

猫儿蜷缩火旁……

猫儿蜷缩火旁;炖锅咕嘟响。
　　昏暗的厨房,
远处黑旧横杆上,挂着
　　两只红肠。

雨落院内的门窗。
　　玻璃窗昏黄,
屋外,绵绵细雨在昏暗
　　窗子上流淌。

我想我会特别想亲吻
　　她的黑长裙,倘若
在昏暗的厨房,有位姑娘
　　斜依炭火旁。

煤气灯在晦暗的
　　壁炉上点亮……
我那乖巧的小母猫
　　呼噜着,毛色黑亮。

红地砖湿润发亮,
　　葡萄树根黑黝黝的,
壁炉的铁柴架生了锈。
　　昏暗的厨房。

若你身着睡衣,斜倚未烬的

黑柴垛旁，我想
你独自端坐之处
　　一定又白又亮。

要下雪了……
——献给列奥波德·博比 ①

要下雪了,再过几天。我想起
去年。在炉火一隅,我想起
我的忧郁。若有人问:怎么了?
我会说:别管我吧。没关系。

我思绪如织,去年,我房间里,
当屋外沉闷的雪花飘飞如絮。
我无事闲想。如今恰如当时,
琥珀嘴的木烟斗也衔在嘴里。

我那只橡木老橱总是弥散幽香,
可我很笨,因为众多事物
都没法变样,想驱走我们
熟知的事,无非是装一装样。

那我们为何要说,要想?真是荒唐;
我们的泪,我们的吻,虽未着一辞,
我们却心领神会,朋友的
步履,总是比温存话语更令人安详。

人们为星星命名,却从不自省
星星要名何用,还用一些数字

---

① 列奥波德·博比(Léopold Bauby,1867—1933),耶麦青年时代的朋友。

想证明夜空飞逝的璀璨彗星，
但并非数字在驱使它们划行。

现如今，那些隔了年的老忧郁
去了哪里？我难得把它们想起。
若有人进屋来问我：怎么了？
我仍会说：别管我吧。没关系。

太可恶……
——献给 M.R. 小姐

太可恶,那可怜的小牛犊
刚被牵去屠宰场,它抗拒,

在哀愁小镇的灰墙上,
它还想再舔一舔雨滴。

主呵!它神色如此良善温柔,
它可是冬青路之友。

主呵!您如此仁慈大度,
说呵,愿我们能得宽恕,

——说终有一天,金色天国
再无美丽的牛犊惨遭杀戮,

说我们应积善,在它的
小犄角上堆满花束。

主呵!请让小牛犊
在屠刀下少些痛苦……

那驴子还小……
——献给夏尔·德·鲍尔德

那驴子还小,周身雨点,
拉着货车,穿过林间。
妇人、小女儿和可怜的驴子
把活计尽心做完,在村里
售卖松木松果,好生火烧饭。
妇人和女孩挣了面包,今晚,
就能在厨房里,靠着比烛光
还暗的炉火用餐。
今天是圣诞节。她们温柔的脸庞
仿佛灰雨滴落苔藓。
那驴子定是马槽旁同一头驴子,
在凉爽黑夜凝视过耶稣的脸:
一切未变,今夜,若星辰
未引领老迈的三王来朝,
便是那彗星颤动蓝色的泪水,
落下雨点。往昔,天使们在茅檐
歌唱时,方式同样简单;
无疑,群星便是蜡烛,
像今天簇拥圣女身边,
无疑,亦如当今没钱的穷人,
耶稣、圣母和约瑟也很贫寒。①

---

① 约瑟 (Joseph),马利亚的丈夫、耶稣的养父。据《新约·路加福音》:在约瑟和马利亚订婚后、还没有结婚前,天使长加百列向马利亚显现,告知她从圣灵怀孕,将要生一个名叫耶稣的男孩,被称为圣者、上帝的儿子和"以马内利"(神与我们同在);约瑟因尚未和马利亚圆房,打算暗中解除婚约而不公开羞辱她,不料在梦中遇见天使长加百列,确认了马利亚的信息,约瑟决定顺服。

一切如常，而我们在变。
——好天主深爱的一切，
一如往昔，在蓝水星辰下面，
是摆动着长耳的柔顺驴子，
细瘦的长腿结实而又微颤，
淳朴善良的农妇们在清晨
售卖松木松果，好生火烧饭。

我想起卢梭……

我想起卢梭与少女们,
在樱桃沁润的清晨。
迷人的黄昏令他古怪而多情,
月下,是与戴尔诺维尔夫人(?)①

他大致说过这些话:
不!我未曾见过更销魂的酥胸……
此时我读到一位新诗人……
她嘲笑我袜子上的破洞。

你在哪儿,旧时光?你在哪儿,林中
采撷苔藓和秋水仙的忧郁的植物学家?
各学术院里都镌刻着信条。
人们以正义的名义寻求回答。

呵卢梭!在幽暗阴湿的密林深处,
在绿色的山腰,美好的礼拜天,
你与永恒长谈,畅饮
纯洁的真理之泉。

——黛蕾丝备好了香汤②。此时,
你正回应对你不公的抨击,
或写信给女友,对她们的激情

---

① 戴尔诺维尔夫人(Madame d'Erneville),不详。
② 黛蕾丝(Marie-Thérèse Le Vasseur,1721—1801),卢梭的情人和妻子,原为巴黎一家旅店的洗衣女工,卢梭 1745 年与其同居,1768 年结婚。

最终损害了你虚弱的身体。

我似闻羽管键琴奏响,
有个唇边长黑痣的女郎,
另一颗同样的黑痣在乳房中央!……
月亮的清辉惹你热狂。

你从未爱得这样深沉。
玩耍的孩童毁坏了草坪。
你很热切。而她带着珍爱的悲悯,
只对你得体的言行表示容忍。

呵卢梭!你独特的回忆
如同启封的信札,
古老发黄,斑斑墨迹,
沾满雨渍,令人忧伤欲死。

寒冷的林间有座磨坊……
——献给 F. 罗森博格[①]

寒冷的林间有座磨坊,溪流清亮,
　　长长的蕨草长在岩石旁。

蓝色树林旁,金发少女
　　浣衣,阴影间水波荡漾。

她把裙裾高高地绾起,
　　水中白皙的双腿可见。

小路清冷狭窄,难行阴暗,
　　夜晚,就是这般。

粗壮橡树遮蔽赤日炎炎,
　　苔藓上花开鲜艳。

我们走上卵石小径,
　　红树莓和犬蔷薇长在路边。

脱谷机在阳光下
　　轰响,碾着空芯的麦秆。

可我又折返树林,有位裙裾绾得

[①] 罗森博格（Fedor Rosenberg, 1867—1934）,俄罗斯东方学者,安德烈·纪德的朋友。

高高的清纯少女在水畔。

我踩着暗紫的欧石楠,
    用力把蕨草折断。

是否繁星之夜,
    黑夜亦在水中洗濯床单?

怎么回事?——唔!姑娘头上,
    云雀要唱,停在紫色的欧石楠。

我又折返树林,裙裾绾得高高的
    洁白少女,仍在水畔。

何时我将重见海岛……

祖先住过的海岛,何时我将重见?
傍晚,在门口,在汪洋大海面前,
人们身披淡蓝布衫,吸着雪茄烟。
雨水在院内的水槽中安睡,
黑人正拨弄着吉他的琴弦。
海洋仿佛裹着薄纱的花束,
夜晚像夏日和长笛般闷烦。
人们抽着黑色雪茄烟,红火头
似苔草窝里的海鸟,一亮一闪,
天才的大诗人曾为此咏唱诗篇。
哦,父亲的父亲,当年在那儿,
乘着异国的夜风,你曾轻舟
滑过我还未出生的灵魂面前。
当你坠入沉思,吸着雪茄烟,
一个黑人拨动吉他凄凉的琴弦,
我那尚未问世的灵魂是否在你眼前?
它是那吉他,还是那轻舟的风帆?
是藏身种植园深处
那只鸟儿摆动的头,
还是屋子里那只飞虫在沉重地盘旋?

我烦……

我烦;请在荫凉的绿篱边
为我采撷少女和蓝鸢尾花,
午间,蓝蝴蝶在那儿飞舞盘旋。
　　因为烦,
我想看小红虫
落上卷心菜、百合和大蒜。
　　我烦。

写出的诗也让我烦,
我的狗蹲着,斜眼,
　　听座钟滴答,
像我一样烦。
真的,这诗人的狗,
　　这三道眉的猎犬
　　　滑稽无限。

我想学画画儿。我要画
满地蘑菇的蓝色草场,
裸少女们跳着圈舞,
围在失望的老植物学家身旁,
他手拿巴拿马草帽和绿盒子,
还有一只捕捉绿蝴蝶的
　　　大网。

因为我赞美少女,
赞赏浓墨重彩的画卷,

画中的老植物学家疲惫不堪，
沿着比利牛斯湍流，走向
　　客栈。

那儿,一片碧蓝……
——献给欧仁·卡里叶 ①

那儿,小城弥漫一片碧蓝。
农夫们早就候在市集旁边。
樱桃肤色的小孩子沿清新树篱
而至,怀揣着积攒的零钱。

那儿,雪满山巅阻断了蓝天。
呵!一切如此温馨,动人心弦!……
看金色的奶牛和银色的肥猪,
还有老妪在兜售乳酪和食盐。

方正的市政厅上古老的大钟,
钟摆停停走走,总是晚点。
蓝色梧桐树下,树影绵延,
庇护乡村乐师和舞蹈的人们

穿着白色便鞋轻盈地跳跃回旋。
少女们来了,加入舞圈。
她们撂下盛满鸡蛋的草篮,
专致柔曼,舞姿翩翩。

宁静,炎热的蓝天下
苍蝇无声盘旋,

---

① 欧仁·卡里叶(Eugène Carrière,1849—1906),法国象征派画家,耶麦的朋友。

那儿,白色骄阳下,市集旁一头
黄牙驴子长啸宁静的长天。

孩子们盯着漂亮的玻璃糖罐内
黏甜光灿的糖果,把口水吞咽,
路上走来了盈盈少女,
秀发乌亮,裙衫绚烂。

她们与和善的小伙子们交谈,
小伙子们吆喝着牛车,手拿
皮鞭,牛一头挨着一头
使劲拉车,车轮吱嘎叫唤。

喧嚣的客栈。
木桌上咖啡摆满,
长者和小孙孙喝着咖啡,而
合约签署得有序、从容、庄严。

那是旋转着红绿招牌的药房,
那是为可怜穷人补鞋的鞋匠,
那是服装店老板耷拉着脸,盼望
可怜的小店能有回头客赏光。

那是我满手老茧的佃户
在干旱的山坡收割厩草忙,
神圣的皱纹长在他砖头般的颈项。
那是脱粒机震颤轰响。

那是男童们放学回家,
背着简陋的书包,墨水沾满手上,

那是宪兵们骑着油亮的高头大马,
那是打着发卷的女贩在贩卖羔羊。

那是乡村邮差正赶往那边,
沿着大路,有如花的清泉,
那是棕羽麻雀,比孩子温顺,
那是红羽鸽子,比麻雀缱绻。

那是充满快乐感伤的墓园,
听主召唤,我最终也要去长眠……
我想要一朵美不胜收的犬蔷薇……
去采撷吧,去最美的树篱边。

那是昏暗的街道如陡坡伸展,
那是白色钟楼,落满雨燕,
还有圣经商人和静寂的林荫路,
黄昏时分,人们漫步悠闲。

那是乖孩子们在玩跳房子的游戏:
玛丽-路易丝、奥蕾丽和其他少女……
她们的清纯胜过蔷薇花的露水,
温情老井栏上,露水化作泪滴……

她们唱着,围成圈,手牵手。
她们唱着,歌词万般温柔:
"玛尤家的轮舞,来跳玛尤家的轮舞呦,
我外婆,我外婆,我外婆也跳起来了呦。"

那是其他孩子拿着喷水壶,
温柔的夜降临,一片静谧。

那是小学生橐橐响的木屐,
像轻风中的种籽飞跑而去。

在爬着蜥蜴和常春藤的墙头,
那是更温柔的粉红树,我爱人
更温柔,她柔情似水,
比轻盈的芦苇穗还要温柔。

那是她樱唇般的甜杏,
那是树头刺耳的蝉鸣,
那是温柔骤雨后的丘陵,
苍白果园仿佛绽放缤纷彩虹。

那是蓝过蓝天的蝴蝶,
那是蓝天般碧蓝的草坪。
那是一只燕子和一个乞丐,
它们的歌如丰收的祈祷般感人。

那是驮鞍下疲惫温顺的毛驴。
那是老巫婆在箩筐底藏着
百年的阴影,清新而神秘,
在与茅屋的阴影互致吻礼。

当家的骑着的母骡十分壮健。
这女主人操持着一座农家大院。
她正在清亮的大镜柜下整理
衣物,堂屋里垂着长长纱幔,

那里,夏日,蓝苍蝇嗡嗡飞旋。
还有少女们住在周边,

她们比苔藓上的蘑菇更加清媚,
比蓝色清渠里的草莓还要鲜艳。

那里还有我温馨的卧室宁静恬然,
我的母狗弗洛尔和公狗马尔博卧在一边,
那是我的公猫尼斯和母猫丽蒂蒲,
古朴氛围中还有我朋友们的照片。

那是我祖母的瓜德罗普披肩,
那里还有特制的小椅子,
当年我七岁的父亲坐在上面,
穿越海面的群星时定很安然……

我的主呵,让我双膝下跪。
我愿捂脸痛哭,将你赞叹。
假若我不幸,那是个秘密:
你曾安慰约伯①,他在粪坑受难。

你赐我生命。主呵,那还不够吗?
那是铁皮屋顶、小桥和翠流飞湍,
那是小城里昏暗的花窗,
还有羊群、牧童和牧羊犬。

---

① 约伯(Job),《圣经》中的人物,上帝的忠实仆人,以虔诚和忍耐著称。魔鬼考验他,把他变得又穷又病;他却在贫困中祝福上帝,诅咒自己的生日。上帝曾两次对撒旦称赞约伯,理由是他"完全正直"、"敬畏真神"和"远离恶事"。典出《圣经·旧约·约伯记》。

回去之前……

回去之前,我俩闲逛。
一束魂灵如捧在手上,
倾诉数语,又无言迷茫。
碧涧间清夜流淌,
漂浮的乌云凝固山巅,与
某些古老《圣经》中一模一样。

爱的仁厚令你低垂颈项;
对诗人,不知有何
更比真心重要和荣光。
我们漫步回返,犹疑久长,
心知不再有丝毫造作和羞怯,
我们会同时张开赤裸的臂膀。

忧伤的白色星魂祈祷着,
比唱诗孤女更辽远悠扬。
你讲述闾巷轶事。
说我"真是一个小儿郎"。
你挂字拖腔,一字一顿地
讲:"一个……小……儿……郎。"

我说:我俩读同一所学堂,
那年你才四岁。这还不够荒唐?
你抬头,双眸柔情荡漾,
秋波流翠,我心涤荡。
"小友,"你讲,"真静!"

我们缄默，魂灵不知何往……

两个身体像同株的桃子，
燃烧，融化，向阳。
你说："我们通宵亲吻，
太过疯狂。"而曙色初现，
沉醉于爱的你又说："干嘛天亮？"

亲吻中，你牙将我唇咯伤……
胆小的曙光映着你的脸庞。
我说：别说了！你便无言。
随后我们走向清新的旷野，
坐在一段颓败的土墙上。

一只鸟儿鸣叫在高远的山上。
我们担心它这样叫一定心伤……
我便说，别乱猜想，
鸟妈妈就这样叫，鸟妈妈
都一样，去给它点儿吃的。
"真的？"你说着，笑漾脸上。

我们走着，唇对唇，我把
山泉喂你口中。你叫道：
"好凉！呵！真清凉！"

……下雨了。山间雨水奔淌。
这雨令村庄遐想，
这雨温婉轻柔，沙沙作响，
这雨淅沥，这雨为太阳泪淌，
这雨洗刷得彩虹明亮，

这雨让鸡群乱跑和战栗,
而我们小心着怕踩进泥塘……

我们漫步回家午餐,可
严肃的争论却出现在餐桌上,
因我没听你的一个点子,
你的泪水险些流出眼眶……

不久,我们又重拥赤裸的臂膀,
我们再次爱抚,浓密秀发下
是你苍白的面庞。

女友,如今你已远去。可我愿
把这首诗与远方的友人们分享,
愿他们给陌生的你涓滴之爱,
而且,能待一天多好,就在
窗下,在你我的爱巢卧房……
他们无从知晓这个地方……

我多爱你……

我多爱你,呵女友,东方
家族的血,流在你血脉里。
你像那些南方的舞者,
摇着小手帕,歌漾似笛。
呵我的小女友,往日,你身着
衬衣,光洁皮肤和美妙的秀发
在房中弥散出野柠檬的香气……

当时你纤美双脚可爱怪异,
露在粉红色短衫外的双腿
仿佛元旦时快乐灯光下的婴儿,
显露出旺盛的活力。
我们那样相爱,得趣,
在我怀里,你头向后仰,
并发出怪诞轻叫,
随后又说不要我想你。

我无暇礼貌,可没讲拉丁语。

女友,你爱我,我爱你。可是,
我囊中羞涩,呵女友,不能给你
点滴物质的幸福,真自容无地。
这世界让我的地如此落魄,
又不向葡萄架洒下金雨
来支付我金贵的蜜蜂絮语,
你咋那么没脸没皮?

一片枯叶落下……

一片枯叶落下,又一片,阳光下,
梧桐树巅仿佛苍白的号角,
不知谁将冰冷的卵石敲打。

我不知花园里的花儿去了哪儿。
绛红之夜闪亮的颤动下,最后
几株大天竺葵绽放出冰冷的花。

一位红衣童子,在路旁伫立,
喧闹小径有只觅食的红母鸡,
还有两只在安静地踱来踱去。

色白味苦的蒲公英,在牧场上
疏落生长,野草莓将无味的
果实,献给柔唇的小姑娘。

这就是生活。高处,我望见牧童
在羊群前逐只数着母羊,黄杨
牧笛随意吹出曲调悠扬,随后

他走到驮着铁皮罐的驴子旁,一同
爬上山冈,山头云遮雾障,有
萋萋芳草,可为美味乳酪增香。

枯萎的树篱间,最后几丛白色的
蜜蜂花,或浓或淡,色衰枯黄,

再不见不倦的金色蜜蜂穿梭忙。

油亮的碗橱里，梨子熟香，
天冷变硬的黑葡萄籽，从
发黄的葡萄架掉落墙脚旁。

新生的冬青树，刺人而硬挺，
结出光滑的球茎，血一样红，
扎成秋日的花束，别有风情。

冷得发僵的蚱蜢，在暖阳下
缓气。近旁一株怒放的
蔷薇，会随他物一样逝去……

远了，长满鼠尾草的夏日花园已远去，
那儿，鲜红的番茄和蔷薇旁，
洒下溽热主日里惨白的静谧。

更远了，我想你的那天，
相识之前，我穿过树林，
湿润朝阳下，我的狗窜在前面。

当时，从浓密幽暗的枝桠里
远眺，时断时续，在我
心目中，那是山谷晨曦。

当时，明亮的山峦似至纯的
清思，那儿有紫色的山峰，
是山巅上蔷薇色的战栗。

那是我心中的泪和至圣至柔的
微笑,一如巧手穿针引线、
泪中含笑的少女。

更远了,我想你的那天,
穿过树林旁,仿佛
天使的歌声在我心中回荡。

我凝重的灵魂匍匐大路上。
某种宗教或温柔的情结在碧空
翱翔,而棕色的牛群照样忙……

这就像一首听不到的歌,
像冬日里的乞丐拽步走向
谷仓草垛,安睡于夜色茫茫。

那天,谦恭伤感的村庄
陡现万般柔肠,
慰藉的金合欢洒落纷扬。

鸭子摇摆着走向水塘。
蓝色的葡萄藤蜿蜒在暗窗,
在小镇的学校里,听到

字母队形的蜜蜂缠绵细语,
在传播知识的迷人图板前,
快乐孩子们把 ABCD 高唱。

老者纺纱,斜倚破旧门槛,
蓝天仿佛美羽的

翠鸟，栖息河畔。

小亲亲，如今你已远去。
你坚挺纤弱的胸脯，还有你
波浪般浑圆翘耸的腰肢如今去了哪里？

我似见你乌丝若雨燕，
微厚的唇，明眸秀丽，
洁颈宽肩，自强不息。

我们笑了。我说：哦！你真像
缪塞诗中的老版画插图，
苔藓上行走，骑着毛驴。

于是你抱住我。浅笑中的战栗
融入我们贴紧的双唇……
随后我们当真化为一体。

你凝视着我插着白色
菖蒲花的硕大太阳帽，
那是我随手丢在了那里。

天堂，大地，海洋

天堂
呵，睡吧，大地！因为我是诗人之魂。
我在无限的怀中永远抚慰你，
而人们看不见的上帝，正在
诞生我们之有限的无限中将我们慰藉。

像煅炉中的力量齐聚我身，
不知谁熄灭了似火中之炭的
星辰，他如此神力，在清晨
离去，锻造出野猪、大麦和诗人。

听！天使唱着美妙的圣歌。
他们曼妙的歌声似竖琴和彩虹。
听！诗人降生了！光荣呵！能听到
和谐的咏唱和仁慈的宁静。

看！呵大地，黑夜裂开了。
诗人降生了，那是对他的颂扬：
每日的景象依旧，一如既往，
只为让他去爱，为他们歌唱。

看见了！那儿，向着丘陵和晨曦，
呵大地！山鹑迷失在雪地。
天亮了！荣光！看看，如弥留的
管风琴般散落在你古老的坟地。

你认出自己了吗,而且,既然你是他,
既然你、我和大海,我们是他,
你看天上,曲线般地掠过一群
你本应让其休憩和果腹的野鸭。

它们从天堂来,要飞向海洋,
呵大地!想在陆地有个栖息的地方。
让我们集合起义务,成为诗人,
惟有一个头,一颗心脏。

醒来吧!尘世的夜裂开了;
诗人降生了,那是对他的颂扬。

大地
我醒了,哦,天空!我是诗人的魂灵,
我也抚慰着你,在和谐的宇宙中。
　　　呵,天空!
我抚慰的天空是你,你也把我抚慰。
我醒来时,传来无限的呼声,
在温馨和祝福的宁静中,诗人
　　　降生……
我听到溪流、土地和苔藓的歌声。

海洋对大地
大地，我用歌声和芳香慰藉你，
我抚慰天空，群星歌唱在星系。
天空摇着我，我也摇着天空。
让我们相爱永远，合二为一。

众
我们是诗人之魂，现在他已降生。
我充满无上喜悦，我为上帝之足
熏香，似香炉的烟篆袅袅扬升。
我是白昼，黑夜，声音和宁静。

悲歌第一
——献给阿尔贝·萨曼

亲爱的萨曼,我再次为你提笔①。
这是第一次我向一位逝者寄赠
诗句,明日,在天堂,会由
某位永生之乡的老仆带给你。
你笑吧,我没哭泣。请告诉我:
"我并非如你所想罹患了恶疾。"
朋友,来我家吧。过门槛时你
便对我说:"你缘何如此悲戚?"
来吧。你在奥尔泰兹。幸福在此。
摘下帽子吧,还放在那边的靠椅。
你渴吗?有湛蓝的井水和酒。
我母亲口喊"萨曼……"走下楼梯,
母猎犬也在你手边蹭来嗅去。

我说着。你微笑,笑中略带严肃。
时间已无意义。你任我说个不住。
黄昏来临,你我仿佛在秋色的傍晚,
在黄色的光芒下漫步。
沿着湍流,一只哑嗓的鸽子
正低吟于一株青葱的杨树。
我喋喋不休。你仍笑着。沉默见幸福。
那是夏末黯黑的小路,
是我们回家的石板路,

---

① 耶麦曾题献过萨曼一首诗《静寂……》。

胭脂花旁,及膝的阴影装扮着
黑色门槛,炊烟似青色的烟柱。

你的死未改变一切。你爱那阴影,
你在其间过活,忍受并为之歌咏,
那是我们远避而你却守护的阴影。
在这姣好的夏日的傍晚,你的光
在驱赶我们的及膝的暗影中诞生,
万能的上帝掠过,他让麦苗生长,
黑色牵牛花下,看家犬吠个不停。

我不为你悼亡。自会有人将
合适的桂冠挂在你满是皱纹的额上。
可我,我深知你,生怕你被中伤。
对竖琴旁哭泣并追随你棺木的
弱冠少年,不应当向他们隐瞒
那些死于自由阵线者的荣光。

我不为你悼亡。你生命犹存。
如吹拂丁香的风声
不死,多年后仍重返
同一株似已凋谢的丁香,
你的歌,亲爱的萨曼,仍会抚慰
孩子们,抚慰他们已成熟的思想。

你的坟上,如某个远古牧人
为羊群而恸哭在贫瘠的山冈,
我徒劳地找寻能带走的宝藏。
可盐已被溪涧旁的羊羔舔尽,
美酒也已被剽窃你的人喝光。

怀念你。日落时，似重见
你在我乡间老宅时的景象。
怀念你。怀念故乡的山冈。
怀念你和我漫步在凡尔赛，
一步步，推敲伤感的诗行。
怀念你的朋友和你的母亲。
怀念蓝湖畔咩咩叫的群羊
在铃铛的响声中静候死亡。
怀念你。怀念虚空纯净的穹苍。
怀念东逝的流水和火的光芒。
怀念葡萄藤上晶莹的露珠。
怀念你。怀念我。怀念上苍。

悲歌第二

一
花儿向阳,将再为我亮闪。
我的灵魂似已遁出幽暗家园。
树下,不知我能否觅得慰安?

我像年轻时将烟斗点燃。
烟斗在雨声中燃着,
我将已逝的春日怀念。

珍贵的回忆赛过蜜蜂花温婉,
居于我欢乐衔哀的心田,
像少女如云的花园。

只因我爱将思绪与青春少女
比攀,我思如胆怯的罗圈腿,
为爆笑引来鄙夷而惶恐不安。

只有少女们让我从不厌倦:
你们知道,伴着犬蔷薇下淅沥的
雨点,她们会漫无目的地闲谈。

而我,我不知头脑中在想些什么。
当覆盆子分出白色的新蘖时,
我本该生于长长假期中宁静的某天。

我不知会怎样穿越生命,

如今也不解为何在极度悒悒后,
会怀念起隐于雨中的爱之夜晚。

那小小的花坛是我的童年,
灰绿的秋天是我青春的爱恋,
剩下的就只有墓地里的冬青栎。

假如上帝并不想让我死,兴许
是他想起了你,而儿时的你等我时
正照看着你那几只漂亮的金丝燕。

二
呵!来吧……(古代诗人如此述说),
呵!来吧……愿你小小的心灵伸手给我。
阴暗的村里,你会看到老百合
萌出新花,像你在点头脉脉。
假如你未见太阳安睡于
橡树上袅袅升起的青濛水雾,
会察觉到太阳在你唇上烧灼。

若你未见为夜幕织锦的温馨晨曦,
未见它在池沼畔天使般光彩熠熠,
我会阖上你双眼,为你指点晨曦,
给你一个长吻,如同晨曦自己。
你的心会充盈上升的白昼,
只因我在你唇边播种了晨曦。

若你未见捷娜伊德·弗勒丽奥 ①
称之为爱的美好情义,

---

① 捷娜伊德·弗勒丽奥 (Zénaïde Fleuriot, 1829—1890),法国女作家,一生创作了八十三部少女题材的小说。

当你唇贴近我唇,
我腿抵着你浑圆的双膝,
我会慢慢地、慢慢地解释给你。
由此你会理解这种爱的情感,
人们不多说,却都深藏心底。

我为何这么年轻,为何青春之心
会在夜晚的榛树林微微颤栗?
我疯了。绿茵草坪上我想要你,
近七点了,当时天顶上的皓月
在棕牛的头上洒下迷濛清辉,
而牛角上还挂着斜晖一缕。

说吧?……我从小就认识的你,
我重回梦境,却什么都记不起?……
我想闻你胸乳的百合花萼,
我想用西番莲的果实拽你,
还想听你咯咯的笑声
在我狂吻你的唇上撞击。

别担心:我们会重拾古老诗句,
已说定的事混在一起,
词语不过是含混的乐曲。
夜晚滑过昏暗厨房里摇曳的
白昼,像过世的老女佣
仍鞠笑谦和地坐在那里。

花儿仰望着阳光怒放。
狗儿吠叫,紫藤上的百叶窗
对着杂沓而昏睡的枝叶开启。

你活动着滑下来的平滑双臂，
平原上，我们惺忪的睡眼
只见爱在水中的蓝天飘逸。

你突然会担心我受苦，是吗？……
不要问我。我不愿回答你。
别对我的支吾刨根问底。
我只爱你，我听到北方来的
斑鸠在金秋啄食橄榄，
橄榄般苦涩的秋风乍起。

若你知道爱我，就不要好奇，
让你的娴静充溢我苦涩的胸臆。
散步时，你只倾听、沉思，
就仿佛你是首次知悉，
干枯的树叶发出持续的声响，
枝头的残叶飘零落地。

别再想我，别再想我。
有个温柔名字"呼唤秋意"。
呵女友，我爱你。可是别提问题……
你看晶莹的秋水仙和粉红的蘑菇。
你轻盈的双脚踏过黎明的青苔，
光洁的种籽上闪烁圆圆的露滴。

——朋友，告诉我？……别说话，我爱你。
闭嘴。已知的事我不想重提。
在你特别小的时光，你家的
屋顶歌唱于五月的暴雨。
爱我吧。爱我吧。那时光归去来兮。

——请你只告诉我,她是否仍为
人妻,她的名字令你呼唤秋意?
——别让我说,呵我的小蜜蜂。
——你不再爱她了吗?——还记得
壁龛里的圣母吗,在街区一隅?
她系着蓝腰带,双手力竭精疲。

那是个承平年代,礼拜天夜里,
大都市响起柔曼的铜管乐曲。
学监们陪送任性的学生。
街上飘浮着香炉的香气。
你领着弟弟回家。
露出血脉的手苍白纤细,
还轻眨蒙古褶的眼皮。

啊!……我怀念你。是你或另一个?
你播种的爱抚已怒放在我心底。
今天,我感觉与当年不期而遇。
蓝色的蜀葵生成于我的苦凄。
若你想要,只须伸手撷取。
浇些水。它们明天即重焕生机。

三
今晨,我又一次把你怀念。
我凝望谦恭、唇形的紫罗兰。
入秋了,却很像五月的一天。
常春藤露出笑脸。故园中,
我仍是那个旧派而温和的青年,
起床后,在卧室里向阳读书,

那本植物学的旧书似燃烧的画卷。

若你愿接纳像我这样的灵魂：
来找我吧，椴树下，某个绿色夜晚。
往昔再现，小村里，
一个夏日雨夜，我独自伤感，
见到祈祷消灾的行列经过，
那洪涝正在草场泛滥。

是的，女友，我又重返童年。
我灵魂如最纯洁的灵魂一般，
如微光映照的面颊银光闪闪，
如阳光在碧空微颤，
近十一点，在白色小径将茂密的
黑蔷薇和哭泣的鸢尾花点燃。

我的瞌睡更纯于浪漫的夜晚，
温存，我愿在清夜与你心结缘。
春季的六天，黑夜相互呼唤，
白昼不退，夜莺
消逝的召唤似哀伤的喜悦
在古拙不死的丁香间回旋。

可是，重逢之前，我想象你
缓缓地从一个房间走到另一间，
与记述我一生的老物件闲谈：
却对植物学的小箱子视而不见，
我青春期之花长眠其间。
里面还保存着森林的倒影，
记录着悲伤难熬的每个夏天。

还是别看了吧,忠实的香气
一见到你兴许会兴奋地飘散。

在我的小桌子旁坐一会儿吧。
旧台布上会放着书籍几卷。
日落时,墨水瓶会发出光亮。
发黄的台历标示着另一年。
那是苦涩的日子,生活暗淡,又像
欧也妮·德·盖兰①的日记那样温婉。

在墙角,你会看到一只樟木箱,
幼时,祖母让我睡在里边,
如今木箱睡了,却曾经历大海的
惊涛骇浪,在将近两百年前,
心思重的伯父带着它从西印度群岛
归来,只为心中把一个女人怀念。

你可以问问那只神秘的木箱。
它会给你讲述我儿时的梦幻。
女友,那纯净的梦想清晰可见。
安睡在这沁香的旧木箱里,
温柔少女和群岛密林住满
我心间,树上还有毒蛇攀缘。

翻看我祖父那些神圣的信函,
手要轻,并送上祝愿。

---

① 欧也妮·德·盖兰(Eugénie de Guérin, 1805—1848),法国女作家,法国诗人莫里斯·德·盖兰(Maurice de Guérin, 1810—1839)的姐姐,姐弟间一直保持着通信往来。

他在碧蓝的科亚沃①山脚下长眠,
有大洋的涛声和海鸟为伴。
告诉他你找到了他的孙子,他
灵魂会微笑,回对你心存感念。

你会因此明了我缘何沉湎,
对我灵魂的虚幻旧花万分喜欢,
为何古老的浪漫曲在我歌喉中
像垂死的太阳,步履蹒跚,
如同那些旧日的伤感青年,
回忆寄寓于十月的房间。

随后,你走来。将你心滑向
我的心田,光滑,优雅,无言。
你会了解,我哭便是深刻的欢乐,
而你只有端庄,笑靥满面,
轻柔的爱抚落在我的双肩。

我会像少女般对你温存无限。
我的心会像绿篱泛出深蓝,
那儿,有位大姐款待他的兄弟,
临近傍晚,磨镰刀的声音
从那儿传来,在草原永恒的寂静中,
镰刀在石头上一闪一闪。

---

① 科亚沃(Goyave)是法国海外领地瓜德罗普(Guadeloupe)的一个市镇,耶麦的祖父让-巴蒂斯特·耶麦(Jean-Baptiste Jammes,1797—1857)1818 年获得行医执业资格后移居瓜德罗普岛,1857 年逝世于科亚沃。1888 年,耶麦在塞拉妮尔姑婆家看到几封他祖父从瓜德罗普岛寄来的信,令他对热带海岛风情十分向往。

四

天上沉沉的雨洒在落叶满沟的水里。
此时此刻,你一定在火边补衣。
堂屋里阴影摇曳,温柔的微光
漂浮于褪色的黑木家具。

我们出生那天,传说我迟早
会在风雨声中写下这些诗句,
还听说我会重睹你爱与愁的
端庄侧影,透过绿花窗的玻璃。

上帝早知一切,呵女友,我的爱。
不知他今天有否我们不知的消息?
谁知道呢?雨水滴落在灰色土地。
炉火噼啪作响。我沉静,你在彼。

我的灵魂乐得不发一语,
只顾记下我从未想到的诗句。
那些词语如你灰色的旧裙,
又好像圣灰星期三的典礼①。

……可我早就时常谈论你家,
十月来临,我不能总是提起,
每逢此季,我就像花儿
做出温柔而无聊的癫狂之举。

---

① 圣灰星期三 (Mercredi des Cendres),又译为圣灰节,是天主教的节日,在复活节前七周(即前 40 天)的星期三。这一天,人们将圣灰洒在自己的头顶或衣服上,以向上帝表达忏悔之意。圣灰取自前一年圣枝主日所用的圣枝。

过几天,我会再去城里,
你置身寒夜里,当商店的
灯光在人行道闪烁之际,我愿
把激情而忧郁的灵魂奉献给你。

我会变回当年的学生,
把同一只海岛木烟斗燃起,
我在灰色的街雾中吸烟,
返回时带来清新的书卷气息。

可你不觉得我很老了么?
廿九岁的我为十七岁的我惋惜。
我对此没有太多的感觉……
而我的梦如我的微笑青春洋溢。

我奉献了,奉献了全部青春,
可总感觉,总感觉痛苦不已。
总相信青春已死,却又复苏,
如光秃小树林五月春风拂煦。

如今我还要再做些什么?
那春风仿佛正掠过门隙。
我寻你,因为我需要你。
……还要在意你的话语……

坐着别动,别离开火边那把
宽大的旧靠椅,粗硬卷边的
挂毯边一定是你在穿针引线。
大笼子里,你是否仍旧寡居?

我无语。让我独自
惊诧于对你的忘记。
很久以来我就炽烈狂热。
对你温柔的端庄渴慕不已。

别赶我走。不用说爱我。
请把你能获得的深藏心底。
请继续矜持端庄地缝补吧。
然后,抬眼,看看我,无语。

悲歌第三

此地浸润着水畔柔曼的清新。
曲径深入满是黑苔的树荫,
通向爱影摇曳的蓝色密林。
太高的树冠顶着太小的天穹。
我来此漫步,在朋友家,
排遣愁闷,在太阳下,慢慢地,
沿着花径,徘徊,静心。
朋友们为我心灵的忧愁担心,
我也不知道该如何回报他们。

也许,我去世后,有个乖孩子
会记起小径上曾见过一个
年轻人,戴着草帽,吸着烟斗,
缓缓地漫步在夏日的清晨。

而你,远去的你,见不到我,
不会看到我在这儿情思殷深,
心中的哀愁浓过密林……
再说,你也不会理解这一切,
因为我远离你,你远离我。
我不再牵挂你粉红的樱唇。
既如此,我为何还要愁闷?

你若知道,就来告诉我,爱人。
告诉我,为何当我消沉时,

连树林也都似乎病了?
它们会和我同时死去么?
天空会死去么? 你也会死去么?

悲歌第四

荒陇上,当你要我作一曲
悲歌,灰色天空下,忧伤的
白桦树在长风中飒飒作响,
湿润的灌木绿影中,又见
那条倦怠的裙子,飘带长长。

从茵绿花园到十月冰冷欲死的太阳,
喷泉般立着一尊残破的狄安娜雕像。①
斜斜的黄连,红榛,
漆树、月桂和蔷薇,在天际
汇成一条凄美的小径,
青烟袅袅点缀穹苍。

死亡在我灵府缓缓复活……
往昔的居民令我怀想,
想起玩耍时毁坏丁香的孩子,
想起就餐的钟声恼人的鸣响,
想起阴湿的空中聒噪的乌鸦,
要下雨了,风信旗向西哗哗飘扬。

那少女家居西南,朝向
紫杉小径,靠近一碧鱼塘。
房间家具均由槭木打制。
顶针和剪子在桌上闪光,

---

① 狄安娜(Diane),罗马神话中的月亮女神和狩猎女神。

蓝玻璃映出枝叶，修过的
壁炉上挂着蓝色爱神的雕像。

膳厅里摆着几扇屏风，
平原上传来一声枪响。
餐具上描绘着黄鸟儿。
九月末清冷的午餐
总是腻烦，严肃而安详，
当少女走出自己的闺房，
总要吻吻痴呆祖父的脸庞。

那一定是她的裙子，是我梦中
潮湿青苔长凳旁的怀想。
梦境停留在幽暗小径深处，
在柔韧而死寂的松针间回荡。
午餐后，塞莉娅走向苍白的
太阳，就在此地托腮哀伤。

你和我曾再访那座老房。
你更清楚那往事的凄凉，
你知道塞莉娅死于衰弱，
她家人不说她因何而亡，
只知总有怪声萦绕身旁，
女仆也知趣地闷声不响。

我们踏着落叶过去，
打开那扇招眼的花窗，

窗棂朽烂,钉着铁条。
我们已置身黝黑的厨房,
黑得仿佛冰冷的炉膛
某晚烧过烟煤,烟炱满墙。

楼梯满是发霉的窟窿,
门锁旁挂着的
旧钥匙铁锈冰凉。
从那儿传来小径的风声,
那风因假期结束更显悲凉,
它呻吟着,如无花果中的故事,
濒死时也带着曙光。

你说:"这就是塞莉娅的闺房。"
摸一摸护墙板,颓圮
冰凉。你说:"看那
挂毯上奇怪的图像。"
那是黑暗王朝风靡的罗马式轿车,
那邪恶朝代是纽沁根太太①
用悔恨欺蒙政客的风月场。

你推开爬满紫藤的屏风。
停摆的钟挂在墙上,
过去它总在厨房门口鸣响。
你慢慢拆下发条,沉闷
而缓慢的钟簧似发出
屋主人灵魂下葬时的哭嚷。

---

① 纽沁根太太(la Nucingen),巴尔扎克的名著《高老头》中的人物,是高老头的二女儿,银行家纽沁根男爵的妻子,以贪财著称。

愿作古的塞莉娜之魂安详。
在她花园里，我采撷蔷薇、
棕色苘麻和落地的丁香……
我会虔诚地把花带到山脚下，
十月的某天，她在此安葬。
愿作古的塞莉娜之魂安详。

悲歌第五

十月的银莲花在金色的草地
休憩。蜒蚰咬过的黏滑的蘑菇
生长在野猪出没的泥地。
捕鸟人的花椒树淌出棕色液体。
雨后,林木仍不时全身
摇曳,如雨在持续:枝叶
发出噼啪声,淌着水滴。

这是十月的温馨,我将烟斗燃起。
红喉雀迎着泥泞苍白的太阳鸣啼。
我刚刚走进灰色而温暖的房间。
今天,回忆不再那么苦涩忧郁。
十月里,四点钟,我见到当年的自己,
还是那个小学生,而在我词典里
详记着那些亲吻的日期。

悲歌第六

平凡景色中你如此美丽。
常春藤下热却阴凉的教堂
钟鸣,似穷苦的心悲啼。
羊羔向上帝温顺诚心地咩咩叫着,
它祈祷的灵魂在纯洁中孕育。
一只癞猫躲进了破旧走廊,
一个可怜的鸡胸孩子,一只笼中雀,
走过他们时你神采奕奕,
长裙子亦优雅飘逸。

而我俯身,在你面前
攀爬在大山脚下的街区,
在穷人眼前偃卧着死去。
你不知在我身上发生了什么,
就这样片刻抛弃了你的美丽……
可看到笼中那受折磨的鸟儿,
还有那猫和那鸡胸孩子挤在一起,
而它们的灵魂也都面向上帝。

你把纤手放在我肩。
我慢慢抬眼望向你的芳唇,
又随即挪开,凝视着暗黑的
门槛上痴呆而颤抖的老妪。
礼拜天,钟声总是响起。
你娇柔肌肤融入我灵魂
陋居,胜过圣洁祈祷中

手持圣枝孩子清脆的歌曲。

你不解我沉默的含义。
你反复说:朋友,你有些忧郁?……
要安慰你吗?想让我读书吗……
我没言语,你便从卧室取来
我酷爱的《保尔和薇吉妮》,
在熨帖人心的蓝色山坡上,我像
小学生,身心置于欧石楠的天地。

我心重归平静,回想童年甜蜜,
你头戴插柚子花的大草帽嬉戏,
伴着青苔中银色的步履,
伴着猎犬费德尔,还有多明各和玛丽,
伴着祈祷小屋顶上夜幕降临,
还有蜂鸟在花间飞来飞去。

你缓慢珍贵的声音,似令人
欲死的亲吻,在我灵魂游弋。
你阖上书,见我落泪,如
卢梭时代,人们多愁善泣,
如歌咏真情的蓝色时期,在
永恒苦难中赞美节操的情侣
(乌德托夫人,你当能忆起①!)
哎!相聚不易,又哪堪早早别离。

----

① 乌德托夫人(Mme. Sophie d'Houdetot, 1730—1813),是卢梭中年时爱恋的对象。1757 年春天,卢梭在创作长篇小说《新爱洛漪丝》(la Nouvelle Héloïse)时,乌德托夫人前来拜访他,卢梭从她身上看到了自己正在撰写的小说中的女主人公茱丽的形象,于是疯狂地爱恋上了乌德托夫人,将他对爱情的追忆与幻想全部寄托在她的身上。参看卢梭《忏悔录》(Les Confessions)第九章。

……你又像纯洁的钟形花般
欢喜,充满池塘之魂的梦呓。
你抱着我,凝重而脉脉无语。

蔚蓝的眩晕,随飞湍而下,
向碧波中沉闷的岩石撞击。
从敞开的窗子,我们见到
呆板的农夫们去教堂拜祭。

他们举止缓慢僵硬,声音
回声般短促尖利,在硬地上
步履整齐。这一切碰撞着
空气。娃娃们前边跑,跟着的
老妇们花花绿绿似丑陋的玩具。
积雪的山峰,仿佛斜插在
天空透明宝石般的冰川里。

呵,女友,我心随之撕裂。
读经,苦难,贫瘠,
这些脚踏实地的山民
让我想起我出生的土地。
我心中感受到比戈尔的气息,①
感受到白色羊群漫山遍野的晨曦,
感受到阴影里挥舞羊鞭的棕发牧人,
感受到雾中散落的燃烧的荆棘,
感受到不安的猎犬、驴子和牧笛,

---

① 比戈尔(la Bigorre),法国西南部的一个地区,属于中世纪加斯科尼的一部分,有其独特的历史、文化、方言和习俗。

感受到夜里的声响和静默的上帝。

呵！爱我吧。请把手放我胸口，
呼吸我心底全部的爱意。
请记住砾石山坡和雨后激流，
记住峰顶上向晴空咩咩叫的
羊群，还有全村卑微的苦凄。

呵我温柔的爱人，我也会铭记
你点亮穷途的静谧的微笑，
我的灵魂在那里安憩。

悲歌第七

——告诉我,请告诉我,
　我可治愈我心之痛?

——朋友,朋友,雪花之白
　无法医治心灵。

——涕笑的女友
　若雨中彩虹,

　告诉我,请告诉我,呵,玛莫尔,
　我还要死么?

——小友,你疯啦?
　你知……我俩正去天庭……

——呵,玛莫尔,你说,在青空,
　对好天主你欲诉何情?

——我会告诉他,人间
　仍灾患丛生。

——呵,亲爱的玛莫尔……说啊?……
　天堂是啥光景?

——有碧蓝的竖琴
　和片片彩虹。

——玛莫尔,天堂里还有啥?
　再说些……给我听……

——呵,朋友,我是你的玛莫尔,
　天堂里还有我俩的爱情。

悲歌第八

陌生女人,还未伤害我的你,
人人都说爱我的你温柔美丽,
呵,纯洁青空、宝石和苔藓的姊妹,
我心之焰为你赤裸的清纯燃起。
这曲悲歌中,当我像植物图籍
在鸽子咕咕叫的哀怨音符中
珍藏起我老去的灵魂的香气,
你会做什么,在此时,此地?

堂屋中有只粉色的旧箱子,
日落时分,我就坐在那里……
我放下沾满翠冈污泥的手杖,
可怜的老狗在黑旮旯里安憩。
落灰而褪色的帽子上,扔着
发亮的冬青果实的红树枝,
此时,我听到村头
隐约而喑哑的牛铃声逐渐隐去,
想到你的爱在照看着我的灵魂,
恰如可怜火堆旁那穷人的叹息。

呵!若你走过我那火烫的大道,
那里萦绕着知了刺耳的鸣啼,
在门口停下脚步吧,孩子们
注视着与母猎犬踱步的
年轻人,便是昔日的我自己,
还能在悲怆的衣橱抽屉里

翻出一些尘封的情书，
本应该早在火中灭迹……

我为何早不是上一章里
被奉为年轻人楷模的范例？
那个宫廷参议利亚斯就曾
向自己的侄女祖尔妮建议：
"注意那男孩；他是一首诗：闺女，
他会把整柜子的爱给你。"

女友呵，我苍白的心灵中，不知
有着怎样的纯洁、自由和澄明。
在我故乡小村，林子的
沙砾岩洞中涌泉碧绿。
泉水缓缓流过静谧草地，
年轻的牧羊人跪在水畔，
在上面建起磨坊，风轮
用四块小木片拼接一起。
那神圣的时刻，我常常想起，
那轻快的磨坊，我常常想起，
那年轻牧羊人，我常常想起。
若你想去，咱们就一起去，
在沉睡的榛树黑绿色宁静下，
以翠鸟和黄菖蒲为伴走近大堤。
我们又会找到晴空下的流水，
当你俯身水面，可见到
孩提时的我向你伸出双臂。

不堪回首呵，那童年一隅。
若重见，定和你相聚，呵，

那深爱我却又不懂我的你。
为了在朝圣之旅少些怨艾,
令我痛苦的爱我宁愿放弃,
午后,嘈杂万物中,一缕
灵魂经久浮游在金色草地。

听,三钟经歌声中,我的爱
凋谢了,蓝天的鸽子死去。

我们会走过前往村子的小桥。
十字架、喷泉、学校、公鸡、
椴树、白马王子旅店,在
本堂神甫老园子里我曾很乖,
一切让我缅怀你诚挚的友谊。
你会明白祝福涵盖万物,
那含混的和谐我认为来自上帝,
在我心中它似香篆升腾,
飘向晦暗谦卑的灵魂,
飘向病害的麦穗,飘向
窜入墙缝里的小蜥蜴。

有株石榴树生长在我故居
贫瘠的花园里。秋风中,
仍会有红涩的果实几粒。
黄杨树旁的角落有几株百合。
还有温馨的棚架早已颓圮,
但仍弥漫夏日浓浓的香气。
从那里可闻白日钟声的撞击。
假若还有童年,呵,爱人,
端坐在红花满枝、树叶闪光的

石榴树下，你可愿意？
我愿跪伏在故乡的土地，
重归故乡，愿为爱死去。

……亲爱的女友呵，蹑足屏息。
让我们走进祖先的房子。是我出生
之地。冬季的老院子早已封冻。
往昔，公鸡在爱的晨曦里啼鸣。
人们在屋中祈祷，呵上帝，我
出生在圣日里。这时，冰雪的
比戈尔，飞湍不息，冰冷山坡上，
牧人们赶着羸瘦的棕色毛驴
和咩咩叫的羊群缓缓走向天际。

女友呵，我展示你的这些回忆
将珍藏于这首贞洁的悲歌里，
若我是个古代的伟大诗哲，
我会在无言而旋动的煦风中，
长发飘散，面树而泣。你
终会在我墓前读到这些诗句。
那是灰石砖而非大理石的墓地。
我就是这样，愿在贫困中安息。
伤心斑鸠呵，来自永恒大地紫杉的
情侣，你独自前来便会令他狂喜。

悲歌第九

沙砾小径上,
她们走了,神色凄惶。

长凳上,她们戴着微颤的
大草帽,身穿白丝带裙装。

她们有夜莺的魂灵,
将狂放飞扬的故事歌唱……

和风中,她们打个手势,
我不懂,我很懊丧。

我是谁?我们在凉爽的
林边碰上。

她们告诉我:您是诗人,
是我们如花之心流泪的梦想。

捧着坟墓之鸽的
缪斯在我身旁。

碧霄中,她拍击
巨大的翅膀。

空中,缓缓地,神秘地,
落下几束丁香。

悲歌第十

一

当我的心为爱而亡：狐狸
打洞做巢的斜坡上，
覆盖着野生的郁金香，
夏日，两青年来访。
他们歇息在橡树下，劲风
经年吹拂，弱草偃伏地上。
当我心为爱而亡：呵，紧随
少男而娇喘的俏女郎，
想我心为琐屑争斗所苦，
在狂风掠过的山冈，寻觅
一颗澄碧的心，使她不再受伤。
说吧，呵，女郎，你说：他疯了，
如塞万提斯笔下相恋的牧羊人
在宁静的草原放牧白羊……
他们离别炊烟袅袅的古镇，
或许是圣奎特丽娅①令人心伤。
说吧：你想如不幸的牧人，
徒劳地想躺卧稚丽的花旁，
吹着羊皮袋，唱颂忧伤。

二

当我心为爱而亡，请你激赏。

---

① 圣奎特丽娅（Quittéria），公元 5 世纪时的一位天主教圣女，因捍卫自己的信仰而被斩首，其纪念日为每年的 5 月 22 日。

他生如鳟鱼跃过蓝涧。
他生如流星划过穹苍。
他生如忍冬弥散芳香。
当我心将亡,莫再觅他忙……
求你:就让他安睡
冬青树下,清晨,红喉雀
总将感恩歌向圣母马利亚啼唱。

三
当我心将亡……不……来找他吧……
来找他吧,带着你仁慈的芬芳。
我不想他拒绝你的亲吻。
抓住,带走,厉害模样,
像你时常紧抱我
一样……别哭,呵,姑娘。

别哭,女友。生命秀美端庄。
我受苦,也让你屡屡受苦……
月亮亲吻着沉睡的迷雾,
羊羔吃草于破晓的山冈,
麋子安睡在苍白的林间空地,
娃娃惬意地吮咬母亲的乳房,
紧闭甜蜜的唇,身子却抖晃,
你痴狂转身,投入我的臂膀……
别哭,女友。生命秀美端庄。

当我心为爱而亡,心
没有了,那时,我或将你遗忘?
不……我是疯子……我不会忘。
我们同一颗心,归你,呵,情郎,

当我畅饮草原清泉,
当我向你的芳唇注入天光,
我们彼此连体同心,
孰分少女,情郎。
当我心……
亲爱的女友,不用
再想……醒时你冷得发抖的乳房
似露打蔷薇丛中的鸟巢一样。

你看,我那么爱你,我心花怒放。
我心向你,如园中遗忘的
百合投身一碧穹苍。
我无法再想。我只是物象……
只是你双眸。只是蔷薇花香。
若我非我,若我托形蔷薇,
一旦离去,你是否悔断愁肠?

四
当我的心为爱而亡;我的灵魂
依旧守护在茵绿的斜坡上。
可爱的孩子呵,当你们走上山冈,
它在沐浴曙色的湿润草丛中闪亮。

夜晚,它在雾中飘浮,灰濛
湿润的月色令夜雾柔和迷茫。
它让清新的蔷薇照亮
颤抖潮湿的老墙。

它停步在阴暗的狗窝旁,
房门口几只老狗睡得正香,

它慈笑着驻足小小坟岗，
几个无辜的生命过早夭亡。

愿我的苦楚沉溺温柔之乡，
愿村里年轻人来此
找到野生的郁金香，
找到更多淳朴和快乐时光。

想一日几多伤心事。
要哭，哭吧，侬偎我的肩膀……
我的离去惹你心绪乱，是吗？
你的香吻颤抖着，宛若曙光。

说吧，让我们向心爱的灵魂告别，
一如昔日远游的诀别景况，
村口大道，白杨成行，
手帕挥舞，憔悴脸庞。

忘掉痛苦吧，让
你的泣颜在我心的
抚触下缓缓平复如常，
笑一笑，似我俩仍置身哀伤！……

悲歌第十一
——献给阿尔图尔·封丹夫人 ①

你在哪里？你生活可曾静谧？
快四岁时我们相识，你那时
是幼女，住公证人老祖父家里，
诗中我曾咏唱过你。
还记得花园吗，那明媚的
日子里，孟加拉玫瑰的蓓蕾
熏香了梨树，麻雀在枝桠鸣啼？
台阶上，你祖父戴着丝绒鸭嘴帽，
坐在背后靠墙的木椅，
注视着转晴的天气，
或许正将往日爱情回忆，
和风吹拂着碧空下的紫藤，
送给他远去的吉他曲。

呵，我的小女友，你名叫玛丽，
像我一样，你肯定没向着生命
投来过难以言表的做作一瞥，
至今让我憋屈，却仍
甜蜜得让我跪倒在地。你听：
圣-马丁岛 ② 的一个美好夏日，

----

① 阿尔图尔·封丹夫人（Mme. Arthur Fontaine）是耶麦的朋友、法国企业家和文学艺术事业的资助人阿尔图尔·封丹（Arthur Fontaine, 1860—1931）的妻子。
② 圣-马丁岛（Saint-Martin），法国在加勒比海西印度背风群岛的一个属地。

你与一位单纯善良的青年结缡。
花园旁，接着举办了婚礼，
农妇出身的女佣采来百里香，
置办红酒洋葱烧野兔的筵席。
你朴讷地将芳唇献给丈夫，
他是年轻的公证人，彬彬有礼。

去吧，女友，你选择了美好的生活。
或许，今晨，当我写出这些诗句，
你仍会起身，清新端庄，
推开绿花窗的玻璃。
如让我选择那天的祝辞，
我就想知道如今你是否如意。
在膳厅，球形灯下站着一位
穿罗纱的贞女，我想再吃点东西。
我会对你说：从四岁起，
二十六年来我常常想起你。

我会和你丈夫聊到很晚，
晚餐后，旧台阶，
紫藤下我会和你俩围坐一起。
倾诉我终生都在痛苦。
你们虽不明何故，
内心却感受到我深沉的苦凄。
你们高兴我平静下来，
因为那美好夜晚是个好天气。
我们倾听内心灵魂的歌唱，
在路上可见车灯明灭，
在温暖之夜疾驰而去。

随后,你们领我去装饰着漂亮
挂毯的蓝色卧室,祝我睡得安逸。
她还在世吗?也有美图相伴起居?
画面上,农妇井中汲水,
奶牛母子在一旁亲昵,
画面萦绕在我脑海里!教堂,
清晨的三钟经萦回,
如长天碧水涓涓不息。

我死之日,呵,小玛丽,
——人们大多在悲歌结束时死去——
请去黑森林采些蕨草,
如我所愿,将新鲜的花束
放在我诗意的墓地:
绕墓撒上半透明的青苔,
撒上叫作秋水仙的紫色百合。
为感念纪德,再摆几束水仙,
他曾为《一日》的出版尽心竭力①。
你还要摆上白宝石般的长茎
金芯睡莲,因为,在不是
爱却哀愁无尽和可爱的
日子里,它让人想起
在拉马丁的《湖》一样的湖上②,
我为一位倦笑的夫人披衣。

---

① 1895 年 4 月,耶麦创作完成对话体长诗《一日》(*Un Jour*)后,因没有名气,找不到为他出版这首长诗的出版社。于是耶麦冒昧地求助于已成名的纪德。在纪德的慷慨帮助下,这首长诗由法兰西信使出版社出版。
② 《湖》(*Le Lac*)是法国浪漫派诗人拉马丁(Alphonse de Lamartine, 1790—1896)于 1820 年出版的代表作《沉思集》(*Méditations*)中的名篇。

你也要摆上刚采的红色蕨草,
要从干旱的赭红山坡采集。
而且只在胡蜂嗡鸣的
中午,你才能前去。
小女生采撷的花瓣令我欣喜。
你还要摆上玛莫尔的花束,
取自我们忧郁之爱的季节里。
亲爱的女友,再摆一些蔷薇,
重温你愁闷的童年记忆。

悲歌第十二

——献给 M.M. 莫蕾诺–施沃布夫人 ①

一

啊,林畔,巨风卷起
银莲花和海船的樯帆;
托起伟大的勒内之魂,
当他向巨浪呐喊仇怨;
它晃动薇吉妮的小屋,
作践圣心教堂秋季的庭院;
无论飞沙或湿雨
扑面,我都爱你永远。

轻抚我吧,做我怯懦的
心之友,从前,当我还是孩子,
常在谷仓里,听你
门外呼号,缝隙间飞旋。
我还钻进粮囤。从那儿,
凝望蓝雪花飘落高山。
我心跳。身穿白色小罩衫。
哭,上帝?⋯⋯不知道⋯⋯我四岁。
啊!故乡⋯⋯真是通透光艳⋯⋯

风呵,告诉我,你想当牧童吗,
在轻柔牧笛上印下吻痕,

---

① 莫蕾诺–施沃布夫人(Mme. Marguerite Moreno-Schwob,1871—1948),法国戏剧和电影艺术家,是法国作家、象征派诗人和翻译家马赛尔·施沃布(Marcel Schwob,1867—1905)的妻子。

诗人般端坐蕨草间?
你愿使所有少女的香唇
蔷薇般俯簇我的胸前?
你引我梦向何方?……何方?……
骡群走过拂晓的雪地,
驮着少女、烟草和黑葡萄酒坛。

二
风呵,你让三钟经轻轻飘散,
如苹果花飘坠果园;
你让婆娑草坪鳞光闪闪;
你让松树作响,野草莓折断,
让白云斯须变幻。风呵,
小屋内我闻风声,
更让我孤寂的灵魂愁惨。
无论我哭我笑,总有风声相伴。
我读卢梭时,是你风掠
老版画中的树巅。我任
灵魂走开。对自己说:我沉思,
当我死之思绪听你漫谈。

是你在墨绿色大洋引领我祖先
前往安的列斯,那里鲜花开遍。
离开法兰西时你波翻浪卷。
肆虐的暴雨冰雹撞击船舷。
舱板吱嘎作响。令人心颤。
驶近宜和的安的列斯群岛,
你收敛喑哑的咆哮,绽放笑脸,

见到一群群海鸥,还有白裔①的表亲
正守在岸边翘首相盼。

啊!我见到了,开辟新生活的那天。
上帝,求你,告诉我,我可在里边?
是的,我见祖父踏上马提尼克的
圣皮埃尔②大街,姑婆们跟随后面。
风呵,你曾吹拂新鲜的烟草
花冠,掀动柔软细布衫,
那是姑婆们翻飞的花瓣。

吹拂的风,你因此成为我友。
我知你所知。兄弟般把你眷恋。
愿你幸福漫游小榆树林。
我知你识鸟之心千千万。
我知惟我解你言辞涵义。
我知白裔姑婆们的亲吻
偕你而至,今晨,在粉蓝露珠下
掠过长满蔷薇的花园。

---

① 白裔,即克里奥尔人(créole),指印度洋岛屿和安的列斯群岛等地的白种人后裔。
② 马提尼克的圣皮埃尔(Saint-Pierre-de-Martinique),西印度群岛东南部马提尼克岛的港口,始建于 1635 年,18—19 世纪曾为岛上繁荣的商业中心和文化艺术中心。

悲歌第十三

当教堂为我俩单独奏响
　　　管风琴乐曲,
她眼睫闪动天蓝色水珠,
　　　是幸福的泪滴。

那清纯的女孩儿又在哪里?
　　　我心中她本似乡村
教堂之钟,却在马兜铃下消弭。
　　　你在哪儿,未婚妻?

啊!若我以六月白蔷薇之魂
　　　吹拂你孟加拉玫瑰色双唇:
洗净身子,穿上凉鞋来吧,
　　　呵,簌簌战栗。

离开苦涩世界,来我
　　　冥思的陋居,
惨白阳光晒蔫的薄荷下,
　　　活水潺潺成溪。

为你,我备下翠绿的梦境,
　　　羊群在那儿安憩。
为你,我有沙滩白卵石项链,
　　　早用井水清洗。

你若感疲倦,我会屈膝

为你解开鞋带。
你只须将头靠我双臂,
　　我会搂着你。

白房子笼罩金色的喧哗,
　　为你莅临欢喜。
铺好的床上,清冽的水罐
　　你小憩时会降临梦里。

我会在白色夏至赶到,为爱而泣,
　　紧随的狗儿喘着粗气,
我会去敲响最简陋教堂的花钟,
　　通知未婚妻到来的消息。

悲歌第十四

——我的爱,你说。我的爱,我答。
——下雪了,你说。下雪了,我答。

——我还要,你说。我还要,我答。
——就这样,你说。就这样,我对你说。

后来你说:我爱你。而我说:我,我还要……
——你说,美好夏日完结。——我却答道:

是秋季。我俩的话语不再对题。
终有一天你说:呵朋友,我真爱你……

(那时寥廓霜天已壮丽凋敝)
而我答道:再说一遍……我还要……

悲歌第十五
——献给亨利·盖翁 ①

这册植物志里,又见枯叶一片,
已夹了十五年,是在波尔多,某礼拜天,
一个蜜桃般芬芳金黄的夜晚。

波尔多是座美丽城市,煤烟的
雨中是鸣笛的樯帆,当年
瓦尔莫夫人 ② 便是在此登船。

她随着一群孤女上船,
长发在船头飘散。
她低吟着摩尔人的海滨 ③,
手势夸张,号啕哭喊。
啊!她一定拨动了船长的心弦,
而此心过去只对热病、台风、
炮击和海底的涌浪习惯。
他注视着她,而年轻的女诗人
却脸色苍白,眩晕在船。

---

① 亨利·盖翁(Henri Ghéon, 1875—1944),法国医生、作家、诗人和文学批评家,耶麦的朋友。
② 瓦尔莫夫人(Mme. Desbordes-Valmore, 1786—1859),法国女诗人,其诗歌经常描述哀愁和伤感,并表现从痛苦中汲取的力量和美,故被法国诗界誉为"哭泣的圣母"。1801—1802 年,因生活贫困,年幼的瓦尔莫夫人曾随母亲前往法国的海外领地瓜德罗普岛去投亲靠友,没想到亲戚去世,岛民暴动,且瘟疫肆虐,她的母亲不幸染病客死他乡,孤苦伶仃的她不得不折返法国,回到父亲身边。
③ "摩尔人的海滨"(*Le Rivage du Maure*)是法国歌谣诗人贝朗瑞(Pierre-Jean de Béranger, 1780—1857)的歌谣《燕子》(*Les Hirondelles*)中的一句。

陋舱中,她是否带了猫,
或带了她喂养的金丝燕,
并为它们准备了淡水,
以熬过长途跋涉的惨淡?
这可怜孤女的钱包里
是否还有铜板,好在过赤道时
为洗礼而向装腔作势的海员付钱?

我的心,别嘲笑这位女诗人。
她的才华正承受着无尽苦难,
愁泪咸涩辛酸,打湿了
长发,煎熬红肿的眼睑。
她随着海风流浪他乡,
惟彩虹般的蜂鸟了然,
那拥抱帝国竖琴的女人
颓然蜷缩在长发卷下面。

当她在安的列斯群岛上岸,
凹陷的双颊带着黑色火焰,
她得找到某家小旅馆,
才吃上家常的餐饭,而那些人
结账时却还哀声喟叹。

而我,我藉回忆向她致敬,
是那片枯叶令我浮想联翩。
当我死去,谁会向我致敬,
如我般将瓦尔莫夫人怀念?

悲歌第十六

某城堡的蔷薇……台阶宽敞，
潮湿的林中有人采着蘑菇，
日晷上标示慵倦的午后，
百年老园中有人闲逛，
我是活死人，这是我心之丧。

呵，玛莫尔，呵，亡故的爱人，莫非
你的草帽在寡言的葡萄旁飘荡？
伤心夜，我像罗贝尔-罗贝尔
和黑橡胶们，登船向安哥拉远航。

我多想知道，日晷仪是否
仍放在角落，西班牙月桂
在伤感阴湿的小径闪光。
回想起登船的那天：
痉挛的嘴巴吞咽着泪水，
你为我在炎热草场上采撷的
最后一束鲜花灿灿金黄。

我不学罗贝尔-罗贝尔
讲述鞭笞下黑人的哀伤，
也不讲斑疹伤寒和雨骤风狂。
其他的，最多也就讲讲
几位游客遭到雷击的沮丧。

我会讲述我之后的一生，

讲我出生至今的哀伤。
若一切均亡,我为何独活世上?
徒劳求索,惟见炫目之尘白茫茫。
曾载你散步的驴车
不会再出现在道路尽头。
我不安。我心泣。我猜想。
你没有带着欧楂木手杖。

你没有带着欧楂木手杖。
苹果树的朝露不再落你身上。
我只带着狗和泥泞的拐杖。
那荡彻灵魂的情爱
只剩下沙粒和斑斑空茫。

你死了。万物死了。死亡。砍下的
枝叶沿古驿道散落纷扬。
填塞了车辙。砾石堆满
路上,清流劈开道路。而
维吉尔式牛车不再颠簸摇晃。

可我知道:我们尚有一处
古时称作香榭丽舍①的地方,
是位诗人说的,四月某个晚上。
他聊到,爱的影子不相信
"数字、空间和时光"。

---

① 香榭丽舍(Champs-Élysées),源自希腊神话,意为"神话中的仙景",原指希腊神话中的圣人或英灵居住的冥界(Elysium),转义为"极乐世界"或"乐土"。

你将坐着驴车前往。
我迎着你,你正要下车。
你微笑着,百合花插在草帽上,
身子似弯曲的忍冬,斜倚我的
臂膀,我的太阳穴紧贴你的脸庞。

在这幸福的香榭丽舍,一切,包括
小蟋蟀,小桑葚,都重回我俩身旁。
今天,茂密的小溪在我们
久已迷失的心间潺潺流淌。
水果成熟了,棕榈结籽了,
撩起长袍的但丁掠过身旁。

晚上,裸睡于清新的银莲花下,
感恩你仁慈的臂膀。
一滴清凉温馨的露珠
滑过你软过青苔的腰肢上,
还有让波莫娜① 瞠目的
浑圆坚挺的乳房。

可香榭丽舍并不存在。
生命归来。城堡照旧空荡,
安哥拉人在明亮的阿特拉斯② 沉入梦乡,
不知道。不知道。不知道。
你没有带着欧楂木手杖。

---

① 波莫娜(Pomone),罗马神话中的果神。
② 阿特拉斯(Atlas),希腊神话中的擎天神,属于提坦神族,他被宙斯降罪用双肩支撑苍天。传说中,北非国王是阿特拉斯的后裔,北非的阿特拉斯山脉也以他的名字命名。

悲歌第十七
——献给欧仁·卢瓦尔夫人 ①

下过雨了。万物闪亮。大地漾清意。
朵朵蔷薇上悬着欲坠的水滴。
过会儿天要转热,今天下午
热闹的阳光要划破棕红的土地。
氤氲的天空露出水一般的蓝洞,
漏过的光柱在山坡上洒下数缕。
油光的鼹鼠,用利爪填塞了
它们遍布草场的树根般的洞穴。
银色的蜓蚰爬过路面,
吃透水的蕨草压弯了身体,
而少女颈背落下树莓的水滴……

少女们呢,她们远去了,去往
湿润、微颤和绿茵的幽地。
一个手拿针线,一个饶舌不已,
一个夹着旧书,另一个手捧樱桃,
还有一个早把祈祷忘记。

——露西,看到鼹鼠窝了吗?
——哎呀!那蜓蚰真难看。踩死它。
——哦!真吓人!我说了不……我不乐意。
——听,是杜鹃鸣啼?

---

① 欧仁·卢瓦尔夫人(Madame Eugène Rouart)是耶麦的朋友、法国作家欧仁·卢瓦尔(Eugène Rouart, 1872—1936)的妻子。

　　　　她们去远了，
走向路尽头，走进野地。
她们的衣裙时聚时离。
能听到她们欢笑后的静寂。
一只喜鹊划过长天。黑橡树上，
一只松鸦叽喳叫着与另一只追逐嬉戏。
少女们的衣裙似扇面招展，
在山顶的阳光下起伏飘逸。
她们消失了。只剩下感伤的我。
突然觉得自己老了，不知为何，
在渠边采下一枝薄荷捏在手里。

为他人得幸福而祈祷

主呵，既然芸芸众生如此尽职，
既然四蹄沉重的老马
和俯首的牛都温顺地走向集市：
就请您赐福乡村和所有村民吧。
您知道闪光林木和奔涌激流间，
有虬结的葡萄藤、玉米和麦田
蜿蜒伸展到蔚蓝的天边。
这一切仿佛汇成仁慈的海洋，
向天下普照着肃穆的光芒，
林中花叶在颤动着歌唱，
似乎全身汁液笑迎欢乐的太阳。
主呵，我心诚如葡萄珠般饱满，
有迸发爱和置身苦海的渴望，
如果这有用，主呵，请任我心哀伤……
在您全能之下，让无邪的葡萄
缓缓成熟于山冈。

请将我未得的幸福赐予大众，
愿轻声细语的恋人们
在牛车、牲畜和叫卖声中
互搂腰肢，亲吻相拥。
愿农家驯良的看家狗，在客栈一隅
享受一盆好汤后，熟睡荫凉，
愿慢吞吞走着的成群山羊
啃食到蜷曲透明的青葡萄。
主呵，那就忽略我吧，假如您想……

可是……多谢……因为在您仁慈的晴空下，
主呵，我已听见那些或许困死笼中的
飞鸟，正像骤雨般欢唱。

为求得一颗星而祈祷

主呵,请让我摘下一颗星:
或许能平复我患病的心灵……
可您不愿我摘下星星,
您不愿,您不愿哪怕有
点滴幸福来到我生命中。
您瞧:我不抱怨,我心
噤声,无怨艾,也不嘲讽,
像一只泣血的鸟儿藏身石缝。
呵!告诉我,那颗星难道就是死亡?……
那就赐给我吧,像把一枚铜子儿
施舍给水沟旁挨饿的可怜人一样?
主呵,我如同那些驴子蹒跚而行……
您要收回您曾经的赐予,那
太残酷,我们会感到内心中
刮过一阵惊愕的恐怖罡风。
如何治好我?主呵,您知道吗?
主呵,您还记得我尚是孩子时,
在您马槽旁,我头戴冬青,而我
母亲在清理烛台托盘,脉脉温情。
您能否把我所做的回馈一些给我,
要是您觉得这能治愈我心中的病,
难道您不能,主呵,给我一颗星?
我需要它,因为今夜,我要把它
安放在我冰冷空虚而阴郁的心灵。

为一个孩子别夭折而祈祷

主呵,为他们留住这小孩子吧,
就像风中您留住一棵草。
母亲在哭泣,能为您做些什么,
才能不让孩子一会儿死在这里,
面对飞来的横祸无法逃避?
您如让他活下去,他会跑去抛洒
蔷薇,来年,在光明的圣体瞻礼。
您太仁慈了。主呵,准不是您
在他粉红小脸烙上青色的死亡,
除非您没有好地方,将窗边的
儿子们安置到他们的妈妈身旁?
那为何不在这儿?啊!既然时钟敲响,
记得吗,主呵,面对那濒死的孩子,
您可总是生活在您的母亲身旁。

为在森林中获得信仰而祈祷

我不再指望,主呵,我认命。
我任自己如蜿蜒而去的丘陵。
夜在我身上如它寄身田野,
当太阳熄灭,夜,像一盏灯。
我再看不到自己。有如这夜晚
使人们看不到蓝天上晒草的人
穿越我心灵之思的草坪。
我愿如这凝美的清晨,
兔子梳洗在蔷薇色露水中。
我再无所求,主呵,除去不幸,
它磨砺我似农夫般温和,
耐心随着钉齿耙的跃动,
在后面,在犄角高高的耕牛之中。
我很迟钝,可我怀着炽热温情,
在丘陵高处,在酷热中,
凝望黑光闪烁的树林延伸着,
如大片大片的林叶般寂静。
我的主,若您取走我心中宛若
暴雨前红棕色天空的这一切,
我或许对您更为钦敬。
也许,主呵,若您引领我
走向树巅营造的小教堂,
我会找到比大理石还坚强的信仰。
碧蓝的松鸦让穹苍
在大森林凝滞的炎热中歌唱,
又在圣水缸中畅饮清凉。

晚上，一口小钟发出晚课的
鸣响，另一次是山雀叫的辰光。
小教堂里，只有老人、孩子
和天使，没有年轻的姑娘。
伫立枝桠，便是站在天上。
无觉无念，什么都不想……
只有夜里，那条老狗偶尔
会发现善良旅人迷失方向。

主呵，您可在林中赐我信仰？

为活得单纯而祈祷

蝴蝶随风舞翩跹,
像乖孩子们在巡游
行列中向您抛撒的花瓣。
主呵,时已清晨,祈祷声
飘向您,随着花般的蝴蝶
和石匠们的敲打与鸡鸣。
梧桐树下,绿棕榈亮晶晶,
在这大地龟裂的七月,
只听得刺耳却不见踪影的蝉鸣,
在不懈地将您的全能歌颂。
不安的乌鸫,在水畔昏暗的树丛
胆怯地欲发出些稍长的叫声。
它不知因何烦闷。稍停,
又倏地飞起,划出一道孤影,
贴着地面,飞得不知所踪。

主呵,今天,生活重又开始,
像昨天,像以往,有序从容。
像这些蝴蝶,像这些劳作者,
像这些贪吃太阳的蝉,和这些
藏身寒冷昏暗树丛中的乌鸫,
主呵,请让我以尽可能
单纯的方式,延续我的生命。

为爱上痛苦而祈祷

我只要我的痛苦,别无所需。
它过去和现在都忠诚无比。
我为何要恨它,既然每逢
我的灵魂折磨我的心时,
它端坐一旁,伴我一起?
痛苦呵,瞧,最终,我敬重你,
因为我坚信你永不会离我而去。
啊!我明白了:你在,所以美丽。
你同那些人一样,对我幽心之火
那可怜的哀伤一隅不离不弃。
我的痛苦呵,你胜过情人:
因为我知道,当弥留之际,
你定在那里,躺在床单下,
痛苦呵,还试图潜入我的心底。

为我死之日圣洁美丽而祈祷

主呵,请让我死之日圣洁而美丽。
愿那一天祥和静谧,或许,我的
文学的或其他顾虑,还有生活的
嘲谑,将随我额头的大疲倦而去。
我不像那些只想歇歇脚的人们,
我渴望死,渴望极简至简的死,
就像小囡囡渴望着布娃娃玩具。

主呵,您知道,所谓的
幸福中总缺些什么东西,
它根本不存在,并非无上的
荣誉,不是爱,也非无瑕花朵,
而且,白色中总羼杂黑的痕迹……

主呵,请让那一天圣洁而美丽,
那一天,我这个平和的诗人,我愿
环视围聚我身边的娇好儿女,
黑眼睛的儿子,蓝眼睛的小女……
愿他们来,端详自己的父亲,不哭泣,
愿我脸上严肃的神情,令他们
为一种辽远温馨的神秘而战栗,
我的死为他们展现出某种恩赐。

愿儿子们互诉:荣耀徒劳无益,
忧虑留给那些人,他们懂得惟有上帝
才是诗人,并在未婚妻清新温柔的

唇上，抹上椴树的香气。
愿儿子们互诉：爱是嘲讽，
是它将契合的人们分离：
我们父亲的心至死痛苦，
为他与亲爱的玛莫尔的心分离……

愿女儿们在我临终的床前互诉：
我们不晓得坟墓那边有何消息，
我们的父亲像秋日林中
美丽清澈的流水般逝去。

主呵，请让我死之日圣洁而美丽，
愿我把孩子们的手握在我的手里，
像拉封丹寓言中那位善良的农夫，
愿我的死如心灵中无垠的静谧。

为带驴子同上天堂而祈祷

该走向您的时候,上帝呵,请让
这一天成为乡间节日,尘灰飞扬。
我渴望,如我在尘世所为,
选择一条路,如愿上天堂,
那里的白昼也是满天星光。
我会拿好手杖,走在大道上,
还会对驴子——我的朋友们讲:
我是弗朗西斯·耶麦,我要去天堂,
那儿没有地狱,是仁慈天主的故乡。
我会说:来吧,青天下温顺的朋友,
可怜可爱的驴子们,快甩晃双耳,
把讨厌的马蝇、飞虫和胡蜂赶光。

让我和这些牲口一起出现您面前,
我那么爱它们,因为他们驯顺地
垂头,停下脚步,并拢小蹄子,
样子那么温顺,令您心生爱怜。
我将到来,身后是驴子的长耳千万双,
跟着的驴子,腰际驮着箩筐,
跟着的驴子,拉着艺人或装满
鸡毛掸子和铁皮桶的车辆,
跟着的驴子,背上驮着鼓鼓的水囊,
跟着的怀崽母驴,体态臃肿,碎步跟跄,
跟着的驴子,套着细小的护腿,
因为身上有青肿的创伤,
才惹得执著的苍蝇麇集着忙。

主呵,让我和这些驴子同来见您。
让和平中的天使引领我们走向
水草丰茂的小溪,那里有颤动的
樱桃,光滑似少女欢笑的冰肌,
当我在这灵魂的天国寄寓,
身临神圣的流水,能像这些毛驴,
面对永恒之爱的清流,映出
恭顺、温柔而贫寒的自己。

为赞美天主而祈祷

昏沉的正晌。松间的知了
高唱。猩红色青天的闪烁中,
惟有无花果似乎茂密而清爽。
我独自跟随您,主呵,因为哀伤、
幽深的乡间花园,万物默无声响。
梨树状如香炉,又黑又亮,
沿着饰满花环的黄杨,在圣餐台般
洁白的砾石旁进入梦乡。
几株谦卑的唇形花,向端坐蓖麻旁
沉思的人,送去圣洁的沁香。
主呵,从前,这里,我梦想过爱,
但爱已不在我无用的血液中流淌,
就像一条破乌木长凳徒劳地
躺在那里,在百合花的叶簇中央。
我不会携温柔快乐的女友前来,我的
额头无从倚靠她清瘦的臂膀。
我剩下的,主呵,只有痛苦
和确信自己微不足道,只是
我轻浮灵魂中无意识的回响,
似欧石楠花串叶落纷扬。
读书时,我微笑。写作时,我微笑。
思索时,我微笑,哭泣时,我仍
微笑,心知尘世无缘幸福,
想微笑时,有时却会泪淌。

主呵,请让我心平静,让我可怜的心安详。

在这夏日的一天,让昏沉
似流水,在不变的万物上漫淌,
让我勇气尚存,像那只知了
在沉睡的松树间爆发出欢唱,
赞美您,主呵,我谦卑善良。

为冥思而祈祷

主呵,我在冥思中走向你。
静谧。静谧。
在溪畔和沉睡的密林深处,
我愿生活在沉思的愉悦里。

主呵,请从我心头驱走文学的
或其他顾虑,让我忘掉自己,
让我像一只斜坡上聪慧地
挖着洞的谦卑的蚂蚁。

为了幸福,真该忘掉自己:
我们微不足道,尘世亦有瑕疵。
不是我们,是主在低语:爱你;
当我们的爱相拥着温柔睡去。

我不会在腰间系上绳索:
伤害肌肤就是侮辱上帝。
无论卖笑女或明媚的未婚妻的情人,
我心将祈祷为女性不竭地唱起。

我不欣赏女人身穿褐色花呢,
遮蔽美就是遮蔽上帝:
但我希望胸乳坚挺的处女
像百合绽放在订婚的蔚蓝天际。

主呵,我将冥思。我想听

雪白的羔羊穿行草地，
在九月的车辙中呼吸
最后季节中爱的香气。

我将重返此地，骄矜尽去，平心
静气，精神因沉思而简洁单一，
除了水和面包外别无所求，
偶闻可怜的蝉鸣凄厉。

为拥有一位单纯女子而祈祷

主呵,请让将为我妻的女人
谦卑柔顺,是我温柔的女伴;
让我们牵手同眠;
让她的颈项戴着镶圣牌的银链
稍稍被双乳遮掩;
让她肌肤比沉睡于夏末的李子
更柔嫩,更光泽,更温软;
让她将温柔的贞洁呵护心间,
在我们拥吻时微笑而无言;
让她坚强,守护我的灵魂,
如蜜蜂守护花儿安眠;
让她在我大限那天,为我阖上
双眼,别做任何祈祷,仅
双手合十,跪我床前,
在痛苦欲绝中衔哀无限。

为向天主奉献朴素话语而祈祷

像我今晨见到的那位工匠,
他专注地俯身于纯净的光,
正在祭坛的四周雕刻圣像,
我愿为我灵浇注虔诚的构想。
他唤我走近谦卑的工作台旁,
我仔细端详那些木制的偶像:
马可脚下是雄狮的头,苍鹰
在若望脚旁,而路加手不释卷,①
书中一定是圣训煌煌。
工匠一只手迟疑举锤;
扶凿子的另一只手则在抖晃。
远处,蓝色的正午在石板上舞蹈。
枯萎的罗勒②,向中国人面孔的
蛮荒圣人们升腾起虔诚的乳香。
传说,透过这乡村的布道台,
有一股迅疾的汁液,似鸟巢的
精灵,在树之灵魂中永世流淌。

主呵,我创作不出如此圣美的雕像。
哎,一定是您不愿让我降生
贫寒之家,那儿,倚寒酸破窗,

---

① 马可(Marc),圣经人物,《圣经·新约·马可福音》的作者。若望(Jean),圣经人物,耶稣的十二门徒之一,《圣经·新约·若望福音》的作者。路加(Luc),圣经人物,保罗的门徒,《圣经·新约·路加福音》和《圣经·新约·使徒行传》的作者。
② 罗勒(basilic),又称矮糠或萝芳,一年生草本植物,叶子卵圆形,略带紫色,花白色或略带紫色。茎和叶有香气,可做香料,又可入药。

有支蜡烛在绿玻璃的夜晚跳荡，
清晨起，爽利的刨子开始歌唱。
主呵，我本可为您画一些圣像，
当可爱的孩子们从学校回家时，
会着迷于三王来朝的画像，
是他们带来象牙、黄金和乳香。
在这些东方君王身旁，我本可
描绘些木材的轻烟表现乳香，
还可以仿制些百合形圣餐杯，
像穷人的酒杯般谦卑，漂亮。

主呵，对您，我心还不够朴素，
既然我至今都为此怅惘，
就让我把这些朴素话语向您奉上，
因为我没有布道台，温柔的圣母
会在那儿为我祈福，无论黄昏，早上。

为承认无知而祈祷

下来吧，归真返璞。
我适见胡蜂在沙里辛苦。
温柔而病痛的心呵，像它们那样做吧：乖，
遵上帝之嘱，去履行你的义务。
我心曾充满荼毒生命的傲气。
我曾自认有别于他人：可如今
我才明白，上帝，自亚当和夏娃
在天堂深处闪光硕果下相依，
我只不过是在重拾
人类发明的那些词语。
主呵，我同那些最谦卑的石头无异。
您看：小草静谧，沉甸甸的苹果树
俯身土地，充满了爱，在战栗。
我既如此痛苦，请从我灵魂中祛除
欲成为天才创造者的傲气。
我无知。我微不足道。我想
见到的，不过是一个鸟巢，不时地
在粉红杨树上摇晃，或者，在白色的路上，
走过一个穷人，拖着肿胀的脚伤。
主呵，请祛除荼毒我的傲气吧。
啊！让我变回平庸的羔羊，
它们在绿染篱笆的春季节日里，
谦和地走过秋日的忧伤。
写作时，请让我的傲气消失：
让我对自己讲，是我的慈父
耐心教会我文法规则，我的灵魂

最终化为整个宇宙之声的回响。
荣耀是徒劳的,主呵,天才也同样。
它只属于您,是您把它赐予世人,
而那些无知和学舌的人,不过
是夏日黑色枝桠间飞舞的蜂群。
让我从桌旁起身时,今天早上,
在这明媚的礼拜天,同常人一样,
去谦卑的白色教堂,在您脚旁,为自己
淳朴的无知,倾诉微薄而纯真的愿望。

为最后一个愿望而祈祷

主呵,能否有一天,像浪漫曲中,
我携未婚妻走向洁白婚礼的圣坛,
踏着被夏日染成银白色的林中苔藓?
孩子们在硕大花束下跌跌撞撞奔跑,
跟在衣着朴素而温和的祖父们后边。
真诚的额头上笼罩着无边的宁静,
上了年纪的夫人们,漫不经心地
将衣襟前长长的金项链把玩。
茂密的小榆树丛中,山雀歌唱着
为婚礼的庆典而真诚感动的心弦。
我是个卑微的匠人,而非诗人,
我雕凿的粉色山毛榉香气袭人,
而我妻温顺地在窗前缝纫,
田旋花从蓝天上纷扬落下,
那儿狂舞着嗡嗡的蜂群。
我过够了繁杂而卖弄的生活,
主呵,为了您,我的生命将变身居士,
我的日子将在欢乐的刨子下度过,
与天穹中绽放的礼拜天钟声应和。
我会对孩子们说:给乌鸫一点水喝,
等它会飞时就任它飞走,
让它在暴雨的欢笑中赠给蓝色
榛树的碧绿珍珠间快乐地生活。
我会对孩子们说:新年了,该给
颤巍巍的奶奶写封信,就在今晚,
她会垂下硬朗、起皱和发亮的额头,

阅读孙辈们写下的美好的语言。
我生无闻,死亦无荣光。
我的棺木将很简单,与村民
和小学的白衣孩童一样。
仅留名字,主呵,刻在朴素的墓碑上,
告诉孩子们可在此祈祷进香。
主呵,若某天,有诗人
进庄,打听我的下落,
就请这样回答他:我们不知详。
可……(呵不!别拒绝我,我的主)……
若有女人来问哪儿是我的坟墓,
且知我的名字,要摆放花束,
就让我的一个儿子起身,别追问,
哭着,领她到我的长眠之处。